KB062431

로크미디어가
유혹하는
재미있는 세상

ROK
MEDIA
로크미디어

사상최강의
양손투수

# 사상 최강의 양손 투수 4

2023년 6월 16일 초판 1쇄 인쇄
2023년 6월 21일 초판 1쇄 발행

**지은이** RAS
**발행인** 강준규

**기획** 이기헌 왕소현 임동관 박경무 강민구 조익현
**책임편집** 천기덕
**마케팅지원** 이원선

**발행처** (주)로크미디어
**출판등록** 2003년 3월 24일
**주소** 서울시 마포구 마포대로 45 일진빌딩 6층
Tel (02)3273-5135  Fax (02)3273-5134
**홈페이지** rokmedia.com  E-mail rokmedia@empas.com

© RAS, 2023

값 9,000원

ISBN 979-11-408-0944-8 (4권)
ISBN 979-11-408-0940-0 04810 (세트)

ROK
MEDIA
로크미디어

사상 최강의
양손투수

RAS 스포츠 장편소설 ④

CONTENTS

정말로 각오하셔야 할 수도 있습니다

7월 20일.

오클랜드 애슬레틱스와의 홈 4연전 중 2차전 경기.

양키 스타디움에서의 첫 선발 등판을 맞이한 데릭 로우는 힘겨운 투구를 펼쳤다.

따악—!

[앤드루 존스—! 투수 머리를 살짝 넘기는 안타! 3루 주자 여유롭게 홈—인! 5-3으로 다시 한번 달아나는 애슬레틱스!]

[앤드루 존스 선수가 친정팀 심장에 비수를 꽂네요.]

내쫓기듯 트레이드된 원한을 푸는 것인지.

전(前) 양키스 백업 외야수, 앤드루 존스의 방망이가 불을 뿜었다.

뻐엉-!

"아웃!"

[볼 게임 이즈 오버! 라이언 쿡 선수가 양키스의 추격을 저지해 내면서 시즌 11번째 세이브를 수확합니다! 9-7! 두 팀 합계 16점이 터져 나온 타격전의 승자는 오클랜드 애슬레틱스입니다!]

6이닝 7실점.

원역사에서도 더 이상 선발로 뛰지 못하고 불펜으로 전환했던 데릭 로우는 반등하지 못했다.

하지만 충분했다.

이기면 좋겠지만 져도 상관없었다.

애초에 양키스에서 데릭 로우에게 바랐던 것은 꾸역꾸역 이닝을 먹어 줄 이닝 이터로서의 역할뿐이었으니까.

승리는 다른 투수가 충분히 가져다주고 있었으니까.

[LA 에인절스와 토론토 블루제이스를 연이어 격파하며 후반기를 기분 좋게 시작했던 양키스가 오클랜드 애슬레틱스라는 복병을 만나 발목을 잡히네요.]

[그렇습니다. 아무도 예상하지 못한 애슬레틱스의 2연승! 허나 다음 경기는 아마도 쉽지 않을 겁니다. 뉴욕의 왕자가 돌아왔으니까요!]

뉴욕의 왕자.

반년도 안 되는 짧은 시간 만에 뉴욕 시민들의 마음을 모조리 사로잡은 풍운아.

데릭 지터라는 왕이 없었다면 이미 왕이라고 불리고도 남앉을 남자가 양손을 휘둘렀다.

부우웅-!

"아웃!"

왼손에서 뿜어져 나오는 파이어볼은 한발 먼저 포수 미트
에 도달해, 뒤늦게 휘둘린 타자의 방망이를 비웃었고.

뻐엉-!

"아웃!"

오른손에서 솟아오른 마구는 타자의 두 눈을 희롱했다.

[경기 끝났습니다! 김신 선수의 2연속 완봉승! 더 이상 낮아질 데가
없다고 생각했던 평균 자책점이 점점 낮아지고 있습니다!]

18승 0패.

김신은 여전히 패배를 몰랐고.

[에…… 오늘 기록까지 더하면…… 0.82, 방어율이 무려 0.82입니다!
68년의 밥 깁슨이나 2000년의 페드로 마르티네즈가 이랬을까요? 압도
적인 모습입니다!]

오히려 점점 더 강력해졌다.

"메이저에 말도 안 되는 기록들이 많긴 하지만…… 한 시
즌 무패는 없지 않나?"

"없지. 시즌 걸쳐서 22였나, 23이었나. 그게 최고일걸."

WAR, FIP, BABIP, WHIP 등 새로 통용되고 있는 지표들
을 굳이 논하지 않아도.

몇 이닝 연속 무실점이니 몇 경기 연승이니 하는 140년 역

사 속 불멸의 기록들을 굳이 소환하지 않아도.

"Kim Will Rock You!"

누구나 그 존재감을 느낄 수 있는 재해(災害)가 또다시 피해자들에게서 눈물을 강탈했다.

뻐엉-!

그러나 13세기 후반, 가을의 태풍이 한 열도를 백척간두의 위기에서 구해 냈듯이.

때때로 재해는 인간을 보호하는 천혜의 장벽이 되기도 하는 법.

[삼진! 필 휴즈 선수의 커브가 절묘하게 들어갔습니다!]

신풍(神風)의 보호 아래 양키스는 추락을 잊었다.

0-4로 스윕당했던 오클랜드전에서는 2승 2패의 호성적을 거뒀고.

1-2로 루징 시리즈를 기록했던 보스턴과 볼티모어에게선 2-1로 시리즈를 빼앗는 기염을 토했다.

〈베테랑의 빈자리는 없다? 양키스 신인 선발투수들의 승승장구!〉

〈또 이겼다! 김신, 보스턴과의 홈경기 1차전 8이닝 1실점 위력투!〉

하지만 8월 6일.

그런 양키스라도 승리를 장담할 수 없는 팀이 반대편 더그아웃에 자리했다.

따악ㅡ!

[프린스 필더! 큽니다! 우측 담장, 우측 담장을…… 넘어갑니다! 기선을 완벽하게 제압하는 솔로 홈런!]

머지않은 미래, 챔피언십 시리즈에서 양키스에게 0-4 스윕이라는 충격적인 결과를 선물할 남자들.

김신에게 이번 생 첫 강판과 노 디시전 경기를 안겨 줬던 MVP 타자와.

올스타 선발 자리를 빼앗기고 투쟁심을 불태웠던 현시대 최강의 투수가 도사리는 팀.

뻐엉ㅡ!

[맥스 슈어저ㅡ! 이 선수 후반기에 무슨 일을 낼 것만 같습니다! 시즌 초반 그렇게 부진하던 선수가 맞나요?]

안타까운 동생의 비보를 딛고 일어나 보란 듯이 비상하기 시작한 미래의 에이스, 맥스 슈어저를 5선발로 앞세워 1차전을 가져간 팀.

승리할 때마다 우렁찬 호랑이의 포효가 울려 퍼지는 그 팀의 이름은.

[양키스가 호랑이에게 물려 버렸습니다! 아주 혼쭐이 났군요!]

디트로이트 타이거스였다.

[코리 클루버 선수에게서만 5점을 빼앗아 낸 타이거스. 7-2로 양키스

에게 먼저 한 방 날렸습니다.]

　[내일이 정말 기대되요.]

　그리고 코리 클루버의 고개가 그라운드에서 수없이 떨궈진 다음 날.


　〈킴 VS 벌랜더. 에이스 빅뱅!〉


　야구인들의 엉덩이가 들썩거렸다.

　에이스간의 맞대결이라는 건 언제나 야구팬들의 가슴을 뛰게 하는 사건이다.

　더군다나 그 맞대결이 '스토리'라는 걸 내재하고 있다면?


　〈저스틴 벌랜더 VS 김신. 전년도 사이 영 수상자와 올해 사이 영 0순위 후보자의 맞대결!〉

　〈김신과 저스틴 벌랜더. 전문가들은 이렇게 평한다〉


　세인들의 관심이 불타오르는 건 당연지사고, 언론이 화제를 키우는 건 자연한 일이었다.

―진짜 오랜만에 볼만하겠다.

　―오랜만 이 지랄 ㅋㅋ 요즘 믈브 개꿀잼임.

　―응~ 투수전 노잼이야~.

　―작년까지만 해도 볼 거 없었는데 ㄷㄷ; 김신 덕분에 가슴이 웅
장해진다.

　―썩씨딩 유 벌랜더.


　작년도 사이 영, MVP, 탈삼진―다승―방어율 트리플 크라
운의 주인공과 이번 시즌 그 모든 걸 찬탈할 게 확실시되는
도전자라는 경쟁 구도.

　손의 방향만 다를 뿐, 파이어볼러답지 않은 핀 포인트 제
구와 9이닝을 밥 먹듯이 소화하는 강철 체력을 동일하게 가
졌다는 점.

　190중반의 큰 키에서 쏟아져 나오는 100마일을 상회하는
포심과 커브, 체인지업, 슬라이더라는 흡사한 레퍼토리.

　김신과 저스틴 벌랜더가 격돌하는 뉴욕 양키스와 디트로
이트 타이거스의 2차전은, 이슈가 안 되려야 안 될 수가 없
는 경기였다.

　[웰컴 투 메이저리그! 여기는 코메리카 파크입니다!]

　4만 1천 석을 꽉 채운 관중의 함성이 울려 퍼지는 디트로
이트 타이거스의 홈구장, 코메리카 파크.

　1회 초. 타이거스 팬들의 우상이 불펜에서 걸어 나왔다.

[저스틴 브룩스 벌랜더. 지난 시즌 환상적인 성적을 그대로 이어 가고 있는 타이거스의 에이스입니다.]

[그렇습니다. 전년도에 워낙 미친 시즌을 보낸 탓에 한편에선 이번 시즌에는 좀 퍼지지 않을까, 하는 우려가 있었습니다만. 그런 걱정들을 깔끔히 종식시키는 아름다운 투구를 펼치고 있습니다. 그러나…… 하필 올해 그걸 상회하는 미친 선수가 등장하는 바람에 약간 빛이 바랬죠.]

[오늘 상대편 선발로 나온 김신 선수 말씀이시군요.]

[말해 무엇 하겠습니까? 사실 현재 벌랜더 선수의 성적만 보면 사이영을 수상해도 전혀 이상하지 않은데 말이죠. 딱 한 선수 때문에 그런 이야기가 쏙 들어갔지 않습니까? 올스타전 선발 자리도 그렇고, 제가 벌랜더 선수라면 오늘 이가 좀 아플 거 같네요.]

[하하, 오늘 벌랜더 선수가 이 악물고 던질 거라는 예측으로 보아도 되겠습니까?]

벌랜더와 김신에게 주목하던 해설 위원들이 화면에 떠오른 양키스 라인업으로 화제를 옮겼다.

[그런 저스틴 벌랜더 선수를 상대하는 뉴욕 양키스의 라인업입니다. 평소 주전 라인업과 상당한 변화가 있죠?]

[그렇습니다. 9번을 주로 맡던 스즈키 이치로 선수가 1번으로 올라오고, 캡틴 데릭 지터 선수가 3번으로 이동했습니다.]

[네, 그리고 추신서 선수가 4번 타자 롤을 맡은 게 눈에 띄는군요.]

[즉, 1번부터 4번까지 모조리 리드오프를 맡을 만한 능력이 있는 선수들이죠. 특히 1, 2번을 맡은 스즈키 이치로 선수와 브렛 가드너 선수는

둘째가라면 서러울 준족들. 아무래도 조 지라디 감독이 발야구를 통해 벌랜더 선수를 흔들고, 1점 1점에 집중하는 스몰 볼 전략을 들고 나온 거 같습니다.]

[양키스로서는 자주 취하지 않는 전략 아닌가요?]

[맞습니다. 양키스는 홈런을 뻥뻥 날리는 게 어울리죠. 그런데도 이런 전략을 택한 건 결국 이 경기의 승부가 초반 1점에서 갈릴 거라고 판단했기 때문일 거 같습니다.]

스즈키 이치로─브렛 가드너─데릭 지터─추신서로 이어지는 상위 타순.

어떤 팀에 가도 리드오프로 뛸 수 있는 선수들이 늘어선, 노골적으로 1점을 노리는 라인업이었지만 저스틴 벌랜더는 대수롭지 않게 생각했다.

'순서만 섞였을 뿐 전체 명단은 거의 바뀌지 않았어. 어차피 제압했어야 할 상대들이다.'

오히려 그 뇌리에 그려지는 건, 상대 팀 불펜에 있을 선수에 대한 의문이었다.

'어떻게 이런 일이 가능한지 참…… 믿을 수가 없단 말이야.'

아무리 빛나는 재능을 가지고 있더라도, 투수는 맞아 봐야 성장하는 법이다.

빠른 공을 공격적으로 활용할 줄 아는 강심장과 필요할 때는 볼도 웃으면서 던질 수 있게 되는 판단력.

주자가 루에 있을 때나 마음먹은 대로 공이 들어가지 않을 때 흔들리지 않는 단단한 멘탈리티.

그런 것들이 경험 없이 체득된다는 건 있을 수 없는 일이라고.

홈런을, 안타를, 대량 실점과 쓰디쓴 패배를 경험하지 않은 투수가 혜성처럼 나타나 리그를 지배한다는 건 지독한 난센스라고.

그렇게 생각해 왔던, 확신하고 있던 저스틴 벌랜더였기에.

이해할 수가 없었다.

올스타전, 자신의 앞 순서로 투구하는 김신을 직접 두 눈으로 봤음에도.

'메이저 데뷔 전에 경기 경험 0회……. 말도 안 돼.'

처음 두 발로 걸은 뒤부터, 단 한 번도 넘어지지 않았다는 사람을 지켜보는 듯한 고약한 모순.

저스틴 벌랜더의 손에 힘이 들어갔다.

꽈악-!

'어디 한번 보자.'

고작 한두 이닝이 아닌 9개의 이닝. 그것을 통해 불가해(不可解)를 해(解)하고자 하는 투수의 의지가 홈플레이트로 날았다.

뻐엉-!

[기습 번트! 절묘하게 3루 라인을 타고 흐릅니다! 미겔 카브레라 1루로…… 1루에서 세이프! 세이프입니다! 빠른 발로 내야 안타를 만들어 내

는 스즈키 이치로!]

　[이건 노리고 들어왔네요. 벤치의 지시겠죠.]

　물론 그 정도 의지에 주눅 들 리 없는 베테랑, 스즈키 이치로는 자신의 시그니처인 빠른 발로 1루를 선점했고.

　"좋아. 뛰라고 해."

　계획대로 진행된 런 앤드 히트 작전을 통해.

　[주자 뜁니다! 포수 2루 송구…… 세이프! 스즈키 이치로의 시즌 19호 도루! 양키스가 게임 시작부터 득점권에 주자를 내보냅니다!]

　일찌감치 2루까지 훔쳤다.

　하지만 거기까지.

　홈스틸을 할 게 아닌 한 결국 주자를 불러들이려면 그라운드에 공을 떨어뜨려야 하는 법.

　양키스 선수들이 언제나 뒤에서 지켜보았던 100마일의 광속구와 절정의 체인지업이 그것을 허락지 않았다.

　따악-!

　[높이 뜹니다! 중견수 오스틴 잭슨. 여유 있게 처리하면서 1회 초 양키스의 공격이 종료됩니다.]

　[과연 저스틴 벌랜더. 침착하게 마무리했네요.]

　삼진, 1루 땅볼, 중견수 플라이.

　자신들의 에이스를 향한 디트로이트 팬들의 환호를 들으며.

　불펜에 웅크리고 있던 김신이 뇌까렸다.

'나랑 비슷하다고? 그럴 리가.'

이 세상에 유일한 한 사람.

유니크(Unique)라는 말이 가장 잘 어울리는 투수의 시선이 그라운드를 향했다.

'톰 글래빈은 거울에 비친 매덕스다.'

느린 구속과 정교한 제구력이라는 공통점을 가진 두 투수가 대중들의 입방아 속에서 비교 평가됐던 것처럼.

비슷한 점을 가진 두 선수를 한데 묶어 평하는 건 어찌 보면 특별할 것도 없는 일이다.

과거의 김신 또한 그런 평가를 들었던 적도 있다.

김신은 제이콥 디그롬의 오른팔을 왼쪽 어깨에 단 선수다.

제이콥 디그롬.

지금은 싱글 A에서 수련에 열중하고 있을 뉴욕 '양키스'의 미래.

과거 갓 데뷔한 김신이 그와 비교 대상이 된다는 것만으로도 기뻐했던 초인.

하지만 과거는 과거고 현재는 현재.

지금, 세상에 어느 누가 거울에 비친 김신이 될 수 있단 말인가.

우완 오버핸드와 좌완 언더핸드를 동시에 구사하는 선수? 그런 투수가 있을 리가.

'기자들이란……'

그럼에도 한쪽 팔만을 대상으로 저스틴 벌랜더와 자신을 비교한 기자들의 행태에 고개를 저은 김신이 마운드의 흙을 골랐다.

스윽–!

고작 10인치.

낮다면 낮은 높이지만 그라운드라는 전장의 정점.

그 자리가 자신의 것이라는 걸 선포하는 의식이었다.

그 의식의 끝에서 고개를 든 김신의 얼굴로 수많은 시선이 박혀 들었다.

'그래도……'

어서 움직이라는 듯 찌릿찌릿한 전류가 전신으로 퍼지는 것을 느끼며, 김신이 숨을 들이쉬었다.

'이번엔 고맙네.'

말도 안 되는 평일지언정 이번만큼은 큰 도움이 되었으니까.

안 그래도 갚아 줘야 할 빚이 있는 상대 앞에서 그를 최상의 상태로 만들어 주었으니까.

뻐엉-!

'정말 고마워.'

그렇게 김신이 연습 투구를 하면서 기자들에게 심심한 감사를 표하는 동안.

디트로이트 타이거즈의 라인업을 읊는 해설진의 음성이 수많은 시청자에게 전달됐다.

[김신 선수를 상대할 오늘 디트로이트 타이거즈의 라인업입니다. 양키스와는 달리 딱히 큰 변화가 보이진 않죠?]

[그렇습니다. 사실 리그 정상급 리드오프감이 넘쳐 나는 양키스가 특이한 거죠. 디트로이트 입장에선 지금처럼 좌타자를 줄이는 게 최선이었을 겁니다.]

[그 말씀은 타이거즈가 양키스처럼 작전 같은 걸 쓰진 않을 것 같다는 의미인가요?]

[그건 모르죠. 다만 오늘 1번 타자로 출전한 오스틴 잭슨 선수와 2번 타자 오마르 인판테 선수가 발이 빠른 선수가 아니라는 것까지만 말씀드리겠습니다.]

[하하, 알겠습니다.]

그리고 잠시 후.

[나우 배팅, 넘버 14. 오스틴 잭슨!]

장내 아나운서의 소개와 함께 디트로이트의 첨병이 등장하는 순간.

김신의 왼손이 하늘 높이 치켜 올라가고.

[좌완으로 시작하는군요. 오스틴 잭슨 선수, 자세를 잡습니다. 투수 와인드업!]

그에게서 가장 많은 점수를 빼앗아 갔던 거산(巨山)으로의 길을 막아선 동산(童山)을 향해.

세상에 단 하나뿐인 투수의 공이 쇄도했다.

뻐엉-!

"스트라이크!"

바깥쪽 꽉 찬 코스의 포심.

그 강렬한 포구음에 좌중의 시선을 몰린 곳은, 손조차 내지 못한 오스틴 잭슨이 아닌 전광판에 빛나는 세 자리 숫자였다.

[언빌리버블! 초구부터 103마일이 찍힙니다!]

[……기록을 보면 시즌 초보다 확실히 평균 구속이 올라갔어요! 정말 한계를 알 수 없는 투수입니다!]

디트로이트 팬들이 오늘 경기 결과를 걱정하기에 충분한 김신의 기선 제압.

"홀리 싯!"

"약물 검사 다시 해 봐야 하는 거 아냐?"

"호들갑 떨지 마. 저번에도 저랬는데 우리가 신나게 두들겼던 거 잊었어?"

관중은 애써 불안을 감추며 지난날 승리의 기억을 재소환했다.

그들과 마찬가지로.

2009년 커티스 그랜더슨 트레이드 건으로 양키스를 떠나기 전까지 팜 내 최고 유망주로 꼽혔던 남자.

6월, 김신에게서 좌중간을 가르는 시원한 안타를 뽑아냈던 오스틴 잭슨 또한 좋았던 한때를 떠올리며 재차 타격 자세를 잡았다.

하지만.

뻐엉-!

"스트라이크!"

하늘의 도움으로 제구 난조라는 악재가 부과됐던 그때의 김신과 지금의 김신은 그야말로 천양지차.

[이번에도 바깥쪽! 비슷한 코스에 또다시 스트라이크를 허용하는 오스틴 잭슨 선수!]

[이번엔 조금 빠진 거 같은데 주심이 스트라이크로 잡아 주는군요. 1회 초에도 그랬지만 아무래도 오늘 주심이 바깥쪽에 후한 것 같습니다.]

[디트로이트 타자들에겐 매우 나쁜 소식이군요]

더군다나 이번엔 하늘이 김신의 손을 들어 주고 있었으니.

오스틴 잭슨의 방망이는 갈 곳을 잃은 채 흔들릴 수밖에 없었다.

그리고 다음 순간. 궁지에 몰린 적의 숨통을 끊을 결정구가 날아들었다.

뻐엉-!

"스트라이크아웃!"

[루킹 삼진! 슬라이더에 꼼짝하지 못하는 오스틴 잭슨!]

바깥쪽에서 안쪽으로 들어와 얄밉게 스트라이크존에 걸치는 공.

투 스트라이크에서 하나 정도는 유인구로 빼리라 생각했던 오스틴 잭슨의 안이한 생각을 유린하는 백도어 슬라이더.

[투 스트라이크에서 백도어 슬라이더로 삼진. 과연 파워 피처다운 면모를 보여 주네요.]

[글쎄요. 김신 선수가 파워 피처라……. 저는 다르게 생각합니다.]

[오호, 이유가 뭐죠? 조금 더 말씀해 주시죠.]

[워낙 빠른 공을 던지는 선수고, 탈삼진이 많아서 파워 피처로 분류하는 경우가 많은 건 사실입니다만…….]

과감한 김신의 선택에서 파생돼 나온 주제에 해설 위원이 열변을 토할 찰나.

[말씀드리는 순간 오마르 인판테, 초구 타격!]

2번 타자 오마르 인판테의 방망이가 타격음을 토해 냈다.

따악-!

[1, 2루간 먹힌 타구! 에두아르도 누네즈 가볍게 잡아서 1루로…… 아웃입니다! 네 개의 공으로 투 아웃을 만드는 김신 선수!]

아쉬움이 남는지 1루 베이스를 밟은 뒤에 더그아웃으로 퇴장하는 오마르 인판테.

그의 뒷모습이 화면에 잡힘과 동시에, 끊겼던 해설 위원의 말이 이어졌다.

[방금 체인지업이었죠? 바로 이겁니다. 포심 구사율이 높아 가려져 있지만 던져야 할 때는 유인구도 곧잘 던지는 게 김신 선수거든요. 제구력이 좋고 브레이킹 볼의 수준이 높은 투수. 그건 피네스 피처 아닙니까?]

[그렇다면 김신 선수가 피네스 피처라는 말씀이십니까?]

[그건 또 아니죠. 분명히 파워 피처의 모든 자질도 가지고 있거든요. 말하자면 '김신은 김신이다. 하나로 분류할 수 없는 투수.' 이렇게 평하겠습니다.]

강력한 구속과 구위를 바탕으로 타자를 억박지르는 파워 피처도.

정교한 커맨드와 컨트롤을 바탕으로 타자를 속여 넘기는 피네스 피처도 아닌.

두 가지를 모두 아우르는 무언가.

그것을 이르는 말은…….

[요즘 말로 '아웃라이어'다. 이런 의미시군요.]

[정확합니다.]

세이버 매트릭션들의 주적, 아웃라이어.

해설자의 긍정이 전파를 타는 순간, 잠자코 경기를 지켜보던 방구석 전문가들이 활개를 쳤다.


─ㅇㅈ. 야구 볼 줄 아네. 경력이 없어서 그런지 딱 어떤 스타일

이라고 하기 힘든 느낌임.

　-느낌? 느낌 같은 소리 하네. 개소리지. 저렇게 던지는데 어떻게
파워 피처가 아니냐? 올스타전 못 봤음?

　-방구석 전문가 납셨네. 그 올스타전 마지막에도 체인지업 던져
서 버스터 포지 잡았었거든?

　-앞에 건 다 무시하고 마지막만 보는 수준; ㅋㅋㅋㅋㅋㅋ 괜히
분류하는 게 아닌데 ㅋㅋㅋㅋ 물론 둘 다 잘할 수는 있지만 무조건
선호하는 유형이 두드러지게 돼 있음. 김신은 파워 피처임.

　-그 유형을 뭘 보고 판단하는데? 지표? 그 지표 자체가 애매한
데 무슨 ㅋㅋㅋㅋㅋㅋㅋ 오히려 니 수준이 딱 보인다 인마.

　-다 틀렸다. 김신은 스위치피처임. 땅땅.


그때.

떡밥을 물은 팬들이 신나게 갑론을박을 나누는 사이.

[나우 배팅, 넘버 24…….]

이번 시즌, 가장 가치 있다 평가받았던 선수가 타석에 들
어섰다.


〈김신, 6월의 수모를 설욕할 수 있을까?〉


김신이 세인들의 질문에 답할 시간이었다.

[미겔─! 카브레라─!]

미겔 카브레라.

같은 성을 가진 약쟁이, 멜키 카브레라와 비교 자체를 불허하는 베네수엘라의 신화.

2010년 각성 후 2012, 2013 연속 MVP에 빛나는 가히 현시대 최강의 타자.

보무도 당당히 타석에 들어선, 지난 6월 자신의 평균자책점을 대폭 상승시킨 남자를 향해 김신은 다시 한번 왼팔을 들어 올렸다.

[김신 선수, 이번에도 좌완으로 갑니다. 투수로서의 자존심 때문인가요? 지난 격돌 때 좌완 투구를 하다가 스리런을 얻어맞았던 기억이 생생할 텐데요.]

[지난 두 경기에서 모두 홈런을 기록했을 정도로 타격감이 물이 올라 있는 미겔 카브레라 선수인데, 과연 이 선택이 어떤 결과를 낳을지 궁금해지네요.]

"미기-!"

"저 건방진 자식한테 한 방 날려 줘!"

기자들이 열일을 했음을 증명이라도 하듯, 좌중의 시선은 김신과 미겔 카브레라에게로 집중됐으나.

그에 아랑곳없이 침착하게 러셀 마틴과 사인을 교환한 김신의 손에서 튀어 나온 것은.

'포심, 아웃사이드.'

세인들이 바라는 화끈한 정면 대결이 아니라.

지난 6월 제구 난조 탓에 실행하지 못했던, 여우라 불렸던 누군가를 닮은 집요한 투구였다.

　뻐엉-!

　[바깥쪽, 빠집니다.]

　바깥쪽에 후한 주심도 잡아 주지 않는, 바깥쪽으로 공 한 개 반가량 빠진 포심.

　뻐엉-!

　[다시 바깥쪽! 이번에는 스트라이크 콜을 받습니다. 1-1!]

　그다음은 오늘 주심의 선택을 받을 만한, 바깥쪽으로 공 반 개 정도 빠진 포심.

　뻐엉-!

　[다시 바깥쪽! 2-1이 됩니다.]

　[이번엔 체인지업이었죠? 미겔 카브레라 선수가 잘 참았습니다.]

　제3구는 살살 약 올리듯이 비슷한 코스로 날아오다가 바깥쪽 사선으로 도망가는 체인지업.

　뻐엉-!

　[다시 바깥쪽! 3-1!]

　부우웅-!

　[또 바깥쪽 체인지업! 하지만 미겔 카브레라 선수가 이 공에 속아 넘어가면서, 풀카운트가 됩니다!]

　4구와 5구 또한 우타자인 미겔 카브레라로선 방망이가 닿지 않는 바깥쪽 체인지업이었다.

[평소 김신 선수가 바깥쪽 승부를 즐기긴 하지만, 이 정도로 집요하게 바깥쪽만 파는 건 참 보기 드문 경우인데요.]

[제가 방금 말씀드렸지 않습니까? 파워 피처라고만 볼 수 없는 선수라고요.]

3구 연속 체인지업.

마운드에 선 투수는 지금까지 루에 주자를 채우는 걸 극도로 꺼리는 것으로 분석되고 있는 김신.

'또? 에이, 설마……. 스트라이크를 잡을 결정구가 나오겠지. 포심? 커브? 슬라이더? 체인지업?'

관중과 미겔 카브레라의 뇌리에 김신이 가진 구종이 나열되고 있을 때.

김신의 손에서 여섯 번째 공이 쏘아졌다.

타격은 타이밍이고, 피칭은 그 타이밍을 빼앗는 것이라는 오랜 격언이 틀리지 않음을.

가장 완벽하게 증명하는 공이.

뻐엉-!

김신이 스프링캠프에서 어떤 약쟁이 하나를 참교육하는 데 썼던 구종.

아무리 현시대 최강의 타자라도 90마일을 상회하는 빠른 공에 타이밍을 맞춘 상태에서는.

예상치도 못한 상황에선 절대 칠 수 없는 마구(魔球).

"아웃!"

[아…… 아웃! 스리아웃 공수 교대! 바, 방금 제가 잘못 본 건 아니죠? 이퓨스. 이퓨스가 맞나요?]

[……맞습니다. 정말 언제나 제 생각을 뛰어넘는 선수군요, 김신이라는 투수는.]

이퓨스였다.

오랜 경험의 도움 덕에 반사적으로 자신의 할 일을 해내기는 했지만.

명색이 전문가라는 주심과 해설진 모두 당황을 숨기지 못하고.

"미친, 저게 뭐야!?"

"왜 저딴 똥볼을 못 치냐, 아오!"

코메리카 파크의 관중석이 웅성거림으로 채워져 갈 무렵.


─봤냐? 저게 어딜 봐서 파워 피처냐?


김신 파워 피처설을 부인하던 팬의 의기양양한 채팅과 함께.

"놀라기는."

파워 피처든 피네스 피처든 아웃라이어든…… 그런 사소한 것에는 일말의 관심조차 주지 않는.

오직 승리만을 바라보는 남자가 웃었다.

방망이가 청아한 타격음을 토해 내는 빈도가 적을수록, 야구 경기는 빨리 진행된다.

김신과 저스틴 벌랜더가 맞붙은 코메리카 파크가 그러했다.

경기 시작 35분 만에 찾아온 3회 말.

뻐엉-!

김신이 두 번째 타순을 맞이했다.

[삼진! 김신 선수가 이번 경기 벌써 다섯 번째 삼진을 잡아냅니다.]

[이제 두 번째 타순인데 디트로이트 타자들이 거의 손도 대지 못하고 있어요. 오늘 특히나 김신 선수의 컨디션이 좋아 보입니다.]

[그렇습니다. 특이한 점은 김신 선수의 언더핸드 투구가 보이지 않는다는 건데요…….]

0-0으로 팽팽히 맞선 3회 말 원아웃.

미겔 카브레라가 두 번째 타석에 들어서는 즉시, 김신의 오른손이 하늘을 찔렀다.

[말씀드리는 순간 드디어 언더핸드가 나오는군요. 미겔 카브레라 선수와의 두 번째 대결을 맞아 이번 경기 처음으로 언더핸드 투구를 시도하는 김신 선수! 첫 타석과는 다른 전략으로 맞서겠다는 걸까요?]

[아뇨, 아마 아닐 겁니다.]

[아니다. 왜 그렇게 생각하십니까?]

[상대가 미겔 카브레라니까요.]

타자가 같은 손을 사용하는 투수에게 약하다는 건 맞는 말이다.

하지만 좌투수와 좌타자의 경우보다 우투수와 우타자의 경우 그 정도는 상당히 격하된다.

왜냐고?

좌완 원 포인트 릴리프는 수두룩하지만, 우완 원 포인트 릴리프는 없다고 할 만큼 드문 것과 같은 이유 때문이다.

애초에 우타자는 수많은 우투수를 상대하며 성장해 왔으니까.

우투수를 상대로 바보가 되는 우타자는, 메이저리그에서 이름을 날릴 수 없는 법이니까.

물론 언더핸드인 김신의 경우는 좀 다르긴 하지만, 지금 타석에 자리한 미겔 카브레라는.

[좌투수든 우투수든 상관없다는 걸 기록으로 증명하고 있는 타자가 아닙니까? 지난 대결에서 이미 우완 언더핸드를 충분히 경험해 보기도 했고요. 똑같은 바깥쪽 승부를 펼치리라 예상합니다.]

투수의 손에 따른 타율 변화가 적기로 손꼽히는 남자였다.

[그렇군요. 과연 예측이 맞을지! 투수 와인드업!]

좌투수든 우투수든 공평히 3할 이상을 때려 내는 절정의 타자에게, 여우의 꼬리가 휘둘렸다.

뻐엉-!

[바깥쪽. 볼입니다.]

[역시 바깥쪽 승부군요.]

아슬아슬하게 바깥쪽으로 벗어나는 볼.

1회 초와 같이 김신이 내민 바깥쪽 승부라는 도전장에, 미겔 카브레라가 코웃음을 쳤다.

'흥, 또 무슨 꿍꿍이가 있겠지.'

1루 베이스가 아직 비어 있는 상황.

강타자인 그를 투수들이 볼넷을 줘도 된다는 마인드로 상대하는 건 익숙한 일이었다.

그러나 그의 눈앞에서 포심만으로 여섯 타자를 상대했던, 바로 직전 승부에서도 50마일짜리 배팅 볼을 한가운데 갖다 박은 놈이 그저 유인구만 던질 리가.

자신감 넘치는 표정으로 마운드에 서 있는 김신을 일별한 채, 미겔 카브레라의 시선이 깊게 가라앉았다.

'뭘 숨기고 있든, 한 번은 바깥쪽 포심이 온다.'

결국 기책이란 정공법을 택할 수 없을 때 사용하는 궁여지책.

기교를 무너뜨리는 힘을 겸비한 타자가 한 가지 구종을 머릿속에 그렸다.

뻐엉-!

그러나 그의 기다림은 실현되지 못했다.

뻐엉-! 뻐엉-!

바깥쪽에서 더욱 바깥쪽으로 멀어지는, 우타자는 건드릴
수 없는 프리즈비 슬라이더가 연속적으로 쏟아졌다.

[스트레이트 볼넷! 미겔 카브레라 선수의 방망이가 미동도 없습니다!]

'이 자식, 정말 승부할 생각이 없는 거냐?'

미겔 카브레라의 발길이 1루에 닿았다.

⚾

[3연속 슬라이더. 한 번은 속을 법도 했는데 미겔 카브레라 선수가 잘
골랐습니다.]

1루에 도착해 보호 장구를 해체하는 미겔 카브레라의 모
습을 흘깃 확인한 뒤.

김신이 자그마한 아쉬움을 토해 냈다.

'쯧, 과연 마이크를 누르고 MVP를 탔던 시절이라 이건가.'

하지만 그것도 잠시.

'뭐, 여기서 잡으면 되지.'

곧장 그 티끌 같은 아쉬움을 털어 낸 김신의 눈길이 팀 동
료 커티스 그랜더슨에게서 홈런 더비 우승자 타이틀을 빼앗
아 간 덩치에게로 향했다.

[나우 배팅. 넘버 28! 프린스— 필데!]

프린스 필더.

디트로이트 타이거스의 구단주, 마이클 일리치가 우승 반

지를 소망하며 영입한 거포.

천하의 미겔 카브레라를 3루로 밀어 냈으며, 그와 함께 팀 타선을 이끌어 기어코 디트로이트 타이거스를 월드시리즈에 올려놓았던 디트로이트의 왕자.

본디 우완 투수들이 미겔 카브레라와 승부하도록 강요하여, 미겔 카브레라의 MVP 수상에 큰 이바지를 한 강타자지만.

'파워가 아예 없는 타자보다야 낫지만, 파워만 있는 타자 도 뭐…….'

좌타자 저승 사자라 불리는 김신에게는, 가벼운 한 끼 식 사에 불과할 뿐.

'어디, 뛸 수 있나 볼까?'

1루에 선 미겔 카브레라와 눈을 마주친 김신의 양손이.

[엇? 김신 선수, 와인드업!]

머리 위를 찍고 내려왔다.

뻐엉-!

"스트라이크!"

어퍼 스윙을 사용하는 프린스 필더에게 가장 까다로운 코 스, 몸 쪽 높은 곳에 틀어박힌 102마일의 포심 패스트볼.

그러나 해설진과 팬들의 관심은 투수와 타자의 승부가 아 닌 다른 쪽으로 향했다.

[와인드업! 김신 선수, 미겔 카브레라 선수를 1루에 두고 세트 포지션 이 아닌 와인드업으로 투구했습니다!]

100마일을 상회하는 구속을 가진 김신과 리그 최정상급 팝 타임을 가진 러셀 마틴.

커리어 내내 두 자릿수 도루를 기록한 역사가 없는 미겔 카브레라와 한 시즌 평균 도루가 2개가 채 안 되는 끔찍한 주력을 가진 프린스 필더가 이루어 낸 컬래버레이션.

어디 한번 도루해 보라고 도발하는 듯한 와인드업 투구에, 미겔 카브레라의 눈썹이 꿈틀댔다.

[이건 미겔 카브레라 선수가 상당히 기분이 나쁠 수도 있겠는데요?]

다음 순간.

뻐엉-!

"세이프!"

리드를 벌릴 생각은 말라는 듯 견제를 한번 해 준 김신의 양손이 다시 한번 머리 위를 점했다.

[다시 와인드업!]

그리고 홈플레이트로 날아든 것은.

부우웅-!

"스트라이크!"

높은 곳에서 낮은 곳으로 폭포수처럼 떨어지는 공, 커브.

제아무리 러셀 마틴이라도 2루 송구를 하기 어려운, 바운드되는 공이었다.

이래도 안 뛰느냐는 듯한 김신의 퍼포먼스에, 관중이 먼저 야유를 쏟아 냈다.

"우우우우우ㅡ!"

"저런 개자식!"

"못 배워 먹은 놈! 선배에 대한 존중은 안중에도 없냐!"

완벽에 가까운 타자라 불릴 정도로 좋은 모습을 보여 주고 있는 미겔 카브레라의 유일한 약점, 주자로서의 능력을 거침없이 찔러 오는 경기 운영.

미겔 카브레라가 이를 뿌득 갈았다.

'이 애송이가⋯⋯!'

메이저리거라는 칭호를 받았다는 건 기본적으로 평범 이상의 향상심과 투쟁심을 가지고 있는 사람이라는 걸 뜻한다.

그런 감정을 가지지 않고서야, 수많은 모래알 중 손 안에 잡히는 겨우 한 줌에 들어갈 수 있을 리가 없으니까.

더군다나 그런 남자들 사이에서 정점에 오른 자들은 더했으면 더했지 못할 리는 없는 법.

마운드의 애송이가 또다시 건방진 와인드업을 하는 순간.

미겔 카브레라의 허벅지에 힘이 들어가고, 그의 무게중심이 2루로 쏠렸다.

그런데.

뻐엉ㅡ!

미겔 카브레라의 좌측 시야에 이상한 것이 잡혔다.

기다렸다는 듯 자리에서 일어서 있는 포수의 모습이.

'이런 미친⋯⋯?'

[주자 뜁니다! 어엇! 피치아웃! 피치아웃이에요! 러셀 마틴 2루 송구!]

미겔 카브레라가 간신히 절반 지점에 도착할 무렵.

이미 2루수 에두아르도 누네즈의 글러브에 공이 도착했고.

터억—!

"아웃!"

미겔 카브레라의 기록지에 주루사가 새겨짐과 동시에 그의 망막에 한쪽 입꼬리를 슬며시 올리고 있는 핀스트라이프가 가득 들어왔다.

"Son of bitch—!"

한동안 잠잠하던 미겔 카브레라의 성미가 폭발했다.

[아앗, 미겔 카브레라! 김신 선수에게 달려듭니다!]

요즘에야 장기 계약도 맺고 경력도 차면서 어느 정도 누그러졌지만.

마이애미 말린스 시절, 이끌어 줄 만한 베테랑 없이 거칠게 성장한 미겔 카브레라는 수많은 사건 사고를 일으켰던 다혈질이다.

그런 다혈질이 루키에게 그야말로 농락을 당했으니, 머리 끝까지 화가 올라 폭발하는 것도 당연지사.

"이 개자식!"

욕설과 함께 미겔 카브레라의 육중한 몸이 마운드를 향해 쇄도했다.

'미리 생각해 두길 잘했어.'

양손을 모두 사용하는 스위치피처 입장에서 자칫 부상으로 이어질 수도 있는 주먹질을 할 수는 없는 일.

선배 박천후의 일화를 참고해 뒀던 김신은 소싯적 배웠던 태권도 자세를 잡았다.

'징계……받아도 어쩔 수 없지.'

하지만 그가 징계를 무릅쓰고 허공으로 도약할 일은 벌어지지 않았으니.

꽈악-!

"어딜!"

2루에서 미겔 카브레라를 태그 아웃시켰던 에두아르도 누네즈가 그의 허리를 잡고 매달린 데 이어.

"What the fuck!"

퍼억-!

싸움은 못해도 선빵이라면 그 누구에게도 지지 않는 남자, 조시 도널드슨이 번개같이 달려와 미겔 카브레라의 얼굴에 주먹을 꽂아 넣었으니까.

"나가!"

"덮쳐!"

"투수부터 보호해!"

순식간에 아수라장이 된 그라운드 속에서 김신이 웃었다.

'최상의 결과인데?'

☻

유혈이 낭자한 난투극이 끝난 뒤.

그라운드에 선고가 내려졌다.

"퇴장!"

[미겔 카브레라 선수와 조시 도널드슨 선수가 퇴장당합니다.]

[뭐, 이 정도면 적당한 조치 같습니다.]

입가에 피를 흘리며 퇴장당하는 미겔 카브레라와 씩씩거리며 그라운드를 떠나는 조시 도널드슨.

그 모습을 바라보며, 팀원들의 도움으로 털끝 하나 다치지 않은 김신은 실실 비어져 나오려는 웃음을 내리눌렀다.

'이 정도로 움직여 줄 줄이야.'

일부러 판을 짜긴 했지만 미겔 카브레라가 좀 흥분해서 실수 한두 개 하고, 그와 미겔 카브레라 사이에 개인적인 감정이 생기는 정도만 해도 충분하다 생각했다.

작게는 이번 경기를 쉽게 풀어 갈 수 있고, 크게는 챔피언십 시리즈에서 만날 것이 유력한 디트로이트 타이거스 중심 타자의 생각을 어느 정도 컨트롤할 수 있어지니까.

'하여간 베이스볼맨들이란⋯⋯.'

한데 극도로 흥분한 미겔 카브레라가 벤치 클리어링을 열면서 그것이 일파만파 커져.

타이거스 타선의 핵인 미겔 카브레라를 치우는 것으로도 모자라 챔피언십 시리즈에서 만날 것이 유력한 디트로이트와 양키스가 팀 차원의 감정을 쌓은 것까지 이어졌으니.

'동기부여든 도발이든⋯⋯. 어떻게든 쓸 일이 있을 거야.'

김신이 미겔 카브레라에게 감사 인사를 하는 것도 무리는 아니었다.

'땡큐, 미스터 카브레라.'

하지만 미래에 대한 안배는 안배고 지금 경기는 경기.

[자, 경기 재개됩니다. 3회 말 투 아웃. 카운트는 1-2. 투수는 양키스의 김신, 타자는 타이거스의 프린스 필더입니다.]

반드시 한 대 때려 주겠다는 기세가 뭉게뭉게 피어나는 프린스 필더에게 김신의 결정구가 날아들었다.

부우웅-!

"스트라이크아웃!"

좌타자에게 사기라는 소리를 듣는 공.

한복판이라며 꼬리를 흔든 뒤, 크게 바깥쪽으로 빠져 나가는 아름다운 슬라이더가.

[스윙 앤 어 미스! 김신 선수의 슬라이더가 프린스 필더 선수의 방망이를 완벽하게 속였습니다!]

[너무 급했어요. 이래서 벤치 클리어링이 무서운 겁니다.]

3이닝 6삼진. 벤치 클리어링 유도 1회.

디트로이트 타이거스를 그야말로 농락한 남자가 마운드를 내려갔다.

'이래서 벤치 클리어링이 좋다니까.'

그리고 그 뒤를 이어.

"렛츠 고, 타이거스-!"

현재 디트로이트 타이거스에서 가장 이성적인 남자가 올라왔다.

'정말 시간 여행자라도 되는 거냐?'

불가해의 실재(實在)를 인정할 수밖에 없게 된 관찰자.

저스틴 벌랜더의 오른팔이 불을 뿜었다.

뻐엉-!

"스트라이크!"

방정식 풀이에서, 그 답은 '해(解)'라고 불린다.

여기서 해란 이해하고 풀어 낸 결과. 즉, 정답을 뜻한다.

그렇다면 불가해(不可解)란 무엇인가.

이해할 수도, 풀어 낼 수도 없는 것.

한 개인의 지식과 지혜로 정답을 구할 수 없는 것일 터다.

세상 만물과 만사가 해(解)할 수 있는 것이라면 좋겠지만, 인생이란 그렇게 쉽게 풀리지 않는 난제.

모든 인간은 살아감에 있어 불가해를 맞닥뜨리게 될 운명을 타고난다.

거기서 인간은 두 부류로 나뉜다.

피치 못하게 맞닥뜨린 불가해를 해로 바꾸기 위해 도전하거나, 회피하거나.

물론 대부분의 인간이 불가해를 회피하거나, 배격하거나, 심지어 혐오하기까지 한다.

그럼으로써 발생하는 사회 문제는 셀 수 없을 만큼 많고.

하지만 그런 회피하는 인사를 포함해 도전하는 인사 또한, 계속되는 불가해의 범람에는 단 한 가지 선택지밖에 택할 수 없다.

'정말……'

인정.

폭력적으로 넘실대는, 일평생 쌓아 올린 상식과 관념을 쓰레기통에 처박는 폭군을 인정하는 것뿐.

'정말 시간 여행자라도 되는 거냐.'

김신을 마주한 저스틴 벌랜더가 바로 그러했다.

인간의 한계를 넘나드는 구속과 라이징을 동반하는 말도 안 되는 구위.

그걸 핀포인트로 꽂아 넣는 믿을 수 없는 컨트롤과 아름답

게 흐르는 브레이킹 볼.

필요할 때는 볼넷도 아무렇지 않게 감수하는 경기 운영.

주자를 채우고도 일말의 흔들림 없는 멘탈과 위기관리 능력.

심지어 그걸 양손으로, 자신의 인생 첫 경기부터 보여 주고 있는 투수.

그게 바로 김신이라는 남자였다.

피안타르 같은 이물질이나 스테로이드, 또는 그 어떤 치팅으로도 불가능한 김신이라는 투수의 진면모를 인정할 수밖에 없게 된 저스틴 벌랜더.

그가 시간 여행자라는 판타지를, 농담 속에 숨어 있는 진실을 떠올리는 것도 무리는 아니었다.

그러나.

'그래, 알겠다. 인정하마. 어떻게 가능한지는 몰라도, 네가 상식 이상의 괴물임을.'

정확히 거기까지.

그래서 어쩌란 말인가.

인정했으니까, 그러니까 무릎 꿇고 질질 짜라고?

웃기는 소리.

뻐엉—!

"스트라이크아웃!"

인정했으되 굴복하지 않은 남자, 저스틴 벌랜더의 패스트볼이 미트를 꿰뚫었다.

　[나우 배팅…….]

　경기가 계속됐다.

　쌓여 가는 김신과 저스틴 벌랜더의 투구 수와 함께 아웃 카운트도, 이닝의 숫자도 쌓여만 갔다.

　부우웅-!

　"아웃!"

　미겔 카브레라라는 타선의 핵이 빠진 디트로이트 타이거스는 김신의 스위치피칭을 공략하지 못했고.

　따악-!

　[원바운드 타구! 아, 여기서 이 타구가 2루수 품 안으로! 오마르 인판테, 2루 포스 아웃! 1루에서…… 아웃입니다! 러셀 마틴 선수의 병살타로 양키스의 7회 초 공격이 또 소득 없이 종료됩니다.]

　[오늘 경기 저스틴 벌랜더 선수의 위기관리 능력이 빛을 발하네요. 중요할 때마다 삼진이나 병살로 이닝을 마무리하고 있어요.]

　[저스틴 벌랜더 선수뿐 아니라 야수들도 이를 악물고 뛰는 게 눈에 보이네요. 벤치 클리어링의 여파인 듯합니다.]

　절치부심한 저스틴 벌랜더와 눈이 벌게져 뛰어다니는 타이거스 야수들의 커버력에 양키스 타선도 번번이 기회를 놓쳤다.

　'쯧. 아무리 그래도 인플레이가 되는 족족 잡히는 건 상정 외인데.'

벤치 클리어링을 통해 적의 방망이를 침묵시키는 건 확실히 더 쉬워졌지만 반대급부로 글러브가 날뛰고 있는 아이러니한 결과.

[오늘 티켓을 산 관중은 정말 후회하지 않을 것 같습니다. 보기 드문 명경기군요.]

[그렇습니다. 두 선발투수가 모두 자신의 역할을 120% 소화하고 있습니다.]

9회 초 2아웃.

여전히 전광판에는 0만이 가득했다.

익히 예상되는 미래 전개에 팬들을 중심으로 조심스레 연장전에 대한 예측이 흘러나왔다.

–연장인가?

–연장 가겠네.

–연장 가면 김신 승리는 어떻게 됨? 교체하면 노 디시전으로 끝나나?

–글치. 근데 어째 안 내려갈 거 같은데…… 모르겠다.

–솔직히 지금까지 잘 던진 것만 해도 할 일 다 한 거지. 기록도 기록이니 내렸으면 좋겠다.

하지만 그 순간.

화면을 뚫고 나오는 감미로운 타격음이 모든 논의를 불식

시켰다.

따악─!

[제이슨 닉스─!]

제이슨 닉스.

2011년 양키스에 합류한 백업 유틸리티.

그에게 2012년은 기회의 해였다.

로빈슨 카노와 A-rod, 에릭 차베스 등 그의 앞에 서 있던 바위들이 물살에 휩쓸려 사라졌으니까.

하지만 안타깝게도.

비슷한 상황에서 기회를 잡아 주전 2루수로 발돋움한 에두아르도 누네즈와 달리 그의 위치는 위태롭기 짝이 없었다.

그저 똑같은 백업 유틸리티.

더군다나 곧 확장 로스터 기간이 되면 그조차도 불투명한 상황.

모든 것은 2할 초반대를 간신히 웃도는 그의 방망이 때문이었다.

'이제 정말 시간이 없다.'

그런 처지에 서 있는 제이슨 닉스에게.

조시 도널드슨이 퇴장당하고 경기에 뛸 수 있게 된 오늘은 얼마 남지 않은 절박한 기회였다.

그런데 그가 기록하고 있는 성적은 병살 하나, 삼진 하나.

하물며 오늘 마운드를 책임지고 있는 인정사정없는 놈은 그의 수비 능력을 보여 줄 기회조차 제대로 주고 있지 않았다.

부우웅─!

"스트라이크!"

결국 제이슨 닉스는 자신이 아닌 미트만을 바라보고 있는 저 괴물을 상대로 뭔가를 보여 줘야만 했다.

벤치 클리어링을 치른 상대에 대한 악감정?

저스틴 벌랜더라는 걸출한 투수를 꺾고 싶다는 호승심?

팀을 승리로 이끌겠다는 집념?

그 무엇도 아닌, 오직 생존을 목적으로.

제이슨 닉스의 손에서 생존을 위한 몸부림에 가까운 스윙이 휘둘렸다.

따악─!

그 스윙이 지름 7.23cm의 아름다운 아가씨를 만나 인사하게 된 것은, 어쩌면 필연이었으리라.

[제이슨 닉스─! 좌중간!]

제이슨 닉스의 절박함이 좌측 외야를 향해 쏜살같이 뻗어 나갔다.

물론 야구는 한 개인의 절박함에 의해 좌우될 만큼 만만한 스포츠가 아니고, 제이슨 닉스에게도 경기를 결정지을 만한 파워는 존재하지 않았다.

하지만.

[앤디 더크스 슬라이딩!]

벤치 클리어링 이후 필승의 각오로 외야를 뛰어다녔던 한 선수의 의지가, 소모된 체력이 작은 착오를 일으키고.

1루 이상 갈 수 없었을 단타가 3루타로 둔갑하는 정도는, 충분히 가능한 일이었다.

[공이 뒤로! 좌익수 뒤로 빠집니다! 주자 2루 돌아 3루로! 오스틴 잭슨 송구! 늦었습니다! 세이프! 제이슨 닉스의 깜짝 3루타! 승리를 향한 불씨를 놓지 않는 뉴욕 양키스입니다!]

[9회 초 2아웃에서 3루타…… 요기 베라가 웃고 있겠군요.]

그리고.

"산체스."

"예!"

"가서 끝내고 와라."

"예 썰!"

생존이 아닌 다른 감정이 더 우선시되는.

제이슨 닉스가 부러워 마지않는 타자가.

따악-!

[게리 산체스-!]

자신의 위치를 공고히 했다.

[1, 2루 간을 관통하는 적시타! 양키스가 드디어 하나 해 내네요! 조

지라디 감독의 대타 작전이 성공했습니다! 1-0으로 앞서가는 양키스!]

[게리 산체스, 이 선수 데뷔부터 대타로 나와 홈런을 치더니, 중요할 때마다 한 방씩 해 주는군요!]

1점.

경기를 끝내기에는 차고 넘치는 점수.

'이래야지.'

김신의 손 안에서 작은 흰색 공이 꿈틀거렸다.

☯

뻐엉-!

[볼 게임 이즈 오버! 김신 선수가 삼진으로 시즌 20번째 승리를 확정 짓습니다!]

무자비한 김신의 투구가 디트로이트 타이거스 타자들의 추격을 간단히 끊어 내고 승리라는 과실을 수확한 순간.

"흐음, 결국 양키스가 이겼군."

브라운관을 통해 그 경기를 지켜보던 메이저리그 커미셔너 버드 셀릭이 오랜만에 흡족한 미소를 지었다.

"20승 0패. 이 친구라도 없었으면 어땠을지…… 끔찍하구먼."

날로 떨어져 가는 메이저리그의 인기를 그나마 받쳐 주는 공헌자 중 하나, 김신에 대한 감사 인사를 건넨 버드 셀릭.

고개를 절레절레 저은 그가 스마트폰을 들어 올렸다.

"당연히 20승 강조해야겠고…… 이제 두 달 남았으니 시즌 전승도 언급해야겠고……."

그때였다.

〈뉴욕 양키스와 디트로이트 타이거스의 2차전, 벤치 클리어링으로 얼룩져〉

〈김신 VS 저스틴 벌랜더, 먼저 웃은 곳은 뉴욕!〉

〈뉴욕 양키스 1-0 진땀승! 김신 시즌 일곱 번째 완봉!〉

슈퍼스타 하나가 어떠한 파급력을 가지고 있는지 잘 알고 있기에, 우후죽순 올라오는 기사들을 살피며 고민하던 버드 셀릭의 코가 가십(Gossip)의 냄새를 포착했다.

─……잘못되었다고 생각합니다.

─네…… 네?

황급히 고개를 돌린 그의 시야에, 수훈 선수 인터뷰를 치르는 김신과 당황에 찬 아나운서의 모습이 들어왔다.

"뭐라고 했지?"

자신도 모르게 내뱉은 그의 의문을 해결해 주기라도 하려는 것처럼, 김신의 입이 재차 열렸다.

−경기 중에 불문율을 따지는 것 자체가 잘못되었다고 생각한다고 답했습니다.

−…….


그 호쾌한 답변에 말을 잃은 아나운서와 달리, 버드 셀릭의 목에서 가가대소(呵呵大笑)가 튀어나왔다.

"크하하하하핫! 이 귀여운 자식!"

그 웃음소리가 TV 소리를 가리는 바람에.


−물론 불문율에 대한 반항 따위로 와인드업을 한 건 아닙니다. 또한 경기 외적인 것이거나, 경기에 영향을 끼치지 않는 불문율은 베테랑에 대한 존중이라 생각하며 지속적으로 계승해야 한다고…….


김신의 뒷말은 듣지 못했지만 상관없었다.

이미 그의 천재적인 두뇌가 모든 계산을 끝냈으니까.

웃음이 채 가시기도 전, 흥분에 겨운 버드 셀릭이 여전히 손에 쥐고 있던 스마트폰을 두드렸다.

"롭! 왜 이렇게 전화를 안 받나! 그래, 나지, 누구겠어? 지금 양키스 경기 봤나? 못 봤다고? 이런……! 빨리 확인하고 사무국 차원의 대응 준비해! 뭐? 아, 불문율? 불문율에 관한 대응일세. 이번 기회에 그 빌어먹을 불문율 몇 개 없앨 수 있을지도 몰라."

통화가 연결되자마자.

갑작스레 일 벼락을 맞은 자신의 오른팔, 롭 맨프레드는 신경조차 쓰지 않은 채 속사포같이 말을 토해 내는 버드 셀릭.

"그래, 자이언츠에서 얘기했던 그 홈 충돌 방지 규정. 그것도 좀 언급하고 말이야. 빈볼 같은 것도 좀 건드리고……. 그래, 그래. 배트 플립? 그건 생각 좀 해 보자고. 어쨌든 정리해서 바로 보내게. 끊지."

일방적으로 할 말만 던진 채 통화 종료 버튼을 누르려던 그의 손이 스마트폰 화면에 닿을 찰나.

뭔가 떠올랐다는 듯 버드 셀릭의 입이 다시 움직였다.

"아, 그리고 김신 말이야. 앞으로 모든 경기를 전국 중계로 돌려. 뭐? 잔말 말고 시키는 대로 하게!"

김신의 컨디션을 한동안 최고조로 만들어 줄 조치.

앞으로 남은 모든 경기의 전미 중계가 확정되는 순간이었다.

"흠, 또 뭘 해야 하지?"


그리고 시간이 흘러 9월의 어느 날 아침.

잠자리에서 일어나 준비되어 있는 무언가를 물끄러미 바라보던 김신이 한숨을 토해 냈다.

"후우…… 내가 경솔했나……?"

과거 자신의 발언에 대한 후회로 가득 찬 한숨을.

⊘

불문율(不文律).

명시하지(文) 않았음에도(不) 지켜야 하는 규율(律).

안 그래도 복잡한 룰을 가지고 있는 야구에는 이러한 불문율이 여럿 있다.

미국 특유의 보수적인 문화.

상류층의 사교 활동처럼 시작된 야구라는 스포츠의 특수성.

충분히 흉기가 될 수 있는 공과 배트, 스파이크 등의 착용.

이러한 특성들 덕에 기능하기 시작한 이 불문율은 매년 메이저리그를 달구는 단골 이슈이다.

–도대체 이런 병신 같은 룰이 왜 있어야 하는 거냐!

–불문율이 왜 불문율이냐! 다 뜻이 있는 거니까 지켜야 한다!

연례행사처럼 불문율이라는 단어가 미디어를 달구는 이유.

그것은 마치 유교 행사의 복잡한 형식을 현대인이 이해할 수 없는 이유와 같다.

물론 불문율이라는 게 그냥 이해할 수 없고 불편하긴 해도 실제로 끼치는 영향이 작았다면, '그냥 내가 참고 말지 뭐' 하는 식으로 넘어갔을 수도 있다.

그런데 이 불문율이라는 것이 경기의 재미를 해치고 선수를 제약하는 게 눈에 보인다?

선수건 팬이건 관계자건, 고리타분한 과거가 아닌 급변하는 현대 사회에서 새로 성장한 세대들이 받아들이기는 쉽지 않은 법.

특히 미래의 야구를, 많은 불문율이 사라지거나 약화된 좀 더 진보된 야구를 경험하고 돌아온 김신의 생각은 확고했다.

큰 점수 차로 앞서고 있을 때 투수 교체나 도루를 시도하면 안 된다.

스리 볼에서 스윙을 하면 안 된다.

상대 선수를 존중하기 위해 배트 플립을 해서는 안 되며, 과한 세리머니도 하지 말라.

'개소리지.'

야구를 위해 기능해야 할 룰이라는 게 선수가 플레이에 최선을 다하는 걸 제약한다?

스스로를 고양시키고, 때로는 적을 도발한다는 심리전으로도 쓰일 수 있는 세리머니를 금지시킨다?

'잘못됐어. 예전엔 몰라도 지금은……'

스포츠의 본분을 어기는 명백한 난센스다.

물론 퍼펙트를 기록한 투수가 감사의 표시로 포수에게 롤렉스를 건네는 것이나.

선발 투수나 베테랑에게 마사지 룸을 먼저 양보하는 일.

루키들이 베테랑에게 음료수를 건네는 일 등 경기 외적인 불문율은 필요하다.

하지만 선수의 플레이에 영향을 끼칠 수 있는, 경기 내적인 불문율은 없어져야 한다고.

김신은 그렇게 생각했다.


    -경기 중에 불문율을 따지는 것 자체가 잘못되었다고 생각합니다.


그 생각이 표출된 게 바로 디트로이트와의 2차전 수훈 선수 인터뷰였던 것이다.

그리고 그 생각이 틀리지 않음은 김신이 경험하고 돌아온 미래의 야구와 현재 그에게 지지를 표하는 팬들의 숫자가 증명해 준다.

그래서 김신은 신경 쓰지 않았다.


    〈그가 타석에 선다면 몸에 스치는 공을 두려워해야 했을 것
    by 조니 벤치〉

〈야구는 서로 존중하면서 해야 한다 by 니코스키〉


현역 및 은퇴한 몇몇 선수들과 메이저리그 관계자들의 격렬한 반응도.

　-잘나가니까 뵈는 게 없나 보지?
　-베테랑에 대한 존중을 모르는 선수. 지금은 몰라도 그 끝은 알만하다.


마치 왕에게 보내는 상소 같은, 아직 변할 준비가 되지 않은 팬들의 편지가 호텔로 쇄도하는 것도.

뻐엉-!

"스트라이크!"

그저 꾸준히 공을 던졌다.

그 결과, 김신은 8월 한 달 동안 무패의 투수라는 칭호를 유지했다.

시즌 전승이라는 전무후무한 기록의 달성이 가시화되고 있었다.

그러나 9월 2일.

"후우…… 내가 경솔했나……?"

자리에서 일어나 무언가를 살피는 김신의 입에서 깊은 한숨이 연달아 터져 나왔다.

"하아……."

⊖

템파베이 원정을 떠나기 전, 볼티모어 오리올스와의 3차
전 경기가 예정된 양키 스타디움.

"하하하하하-!"

"잘 어울려요!"

한낮의 태양 아래, 환호하는 팬들과 한숨을 숨기고 팬 서
비스에 열중인 선수들을 바라보는 사람이 있었다.

"헤이, 마차도. 경기 준비 안 해? 너 오늘 선발이잖아."

바로 어제 확장 로스터라는 동아줄을 부여잡고 올라와 양
키 스타디움의 잔디를 처음으로 밟은 2루수, 매니 마차도.

갑작스레 울린 질문에 물끄러미 팬들의 열화와 같은 환영
을 받으며 출근하는 선수들을 응시하던 매니 마차도가 고개
를 돌렸다.

"해야죠. 곧 갈 겁니다."

고개를 돌린 매니 마차도의 시야에 가득 찬 것은 2미터가
넘는 거대한 덩치의 히스패닉.

대답과 달리 움직일 생각이 없어 보이는 매니 마차도의 모
습에 질문자는 걸음을 옮겨 같은 창가에 엉덩이를 붙였다.

그러고는 매니 마차도와 같은 것을 바라보다가 툭 뱉었다.

"루키 헤이징, 부럽냐?"

루키 헤이징.

9월의 하루, 원정을 떠나기 전.

신인 선수들이 우스꽝스러운 복장을 입는, 불문율을 넘어 축제가 되어 버린 행사.

아직 메이저에 데뷔하지 못한 매니 마차도는 제외돼 있는 페스티벌.

선발 출전을 준비하다가 우연히 보게 된 광경에 복잡한 심경을 느끼고 있던 매니 마차도가 짐짓 태연히 발언했다.

"부럽긴요. 저런 걸 입을 생각을 하니 끔찍합니다."

그러고서 자리를 털고 일어나는 매니 마차도의 어깨에 손이 하나 올라왔다.

"그래, 나도 해 봤지만 별로 좋은 기억은 아니야. 근데 그거 알아? 더 엿 같은 건 저걸 경험하고도 다시 마이너로 내려가는 거야."

"⋯⋯."

본인의 입으로 말한 그 엿 같은 기분이 생각나는지 잠시 미간을 좁히던 히스패닉.

그러나 이내 다시 최초의 싱글벙글한 표정으로 돌아온 그가 말을 이었다.

"뭐, 이제 첫 경기 뛰는 애송이한테 할 소린 아니었네. 넌 그냥 오늘 경기만 생각해. 데뷔하자마자 우승 반지를 낄 수 있을지 누가 알아?"

"안 그래도 그러려고 했습니다."

선수들의 체력이 떨어지고, 부상이 속출하는 8월. 일찍이 선발 투수들이 줄부상으로 드러누웠던 게 액땜이라도 된다는 것처럼 양키스는 별다른 뉴스가 없었다.

마크 테세이라가 잠시 종아리 부상을 당한 걸 제외하면 새로 DL에 오른 선수가 없었을 정도.

그에 반해 다른 팀들은 모두 부상으로 허덕였으니, 안 그래도 강력한 양키스의 전력을 막을 팀은 없었다.

그것을 바탕으로 뉴욕 양키스는…….

"그래, 오늘 선발 기회가 온 건 정말 행운이야. 그걸 꼭 붙잡아야지. 우승 반지도 우승 반지인데, 오늘 잘하면 한 시즌 최다승을 기록하는 순간에 그라운드에 있을 수도 있다고."

132경기 93승 39패.

2001년 시애틀 매리너스가 이뤄 냈던, 한 시즌 116승이라는 전설적인 기록의 갱신이 현실로 다가오고 있는 상황이었다.

"캬, 언젠가 이런 날이 올 줄 알았지. 뉴욕 양키스잖아! 내가 어릴 때 말이야. 뭐, 어리지도 않나? 하여간 1998년에 옛 양키 스타디움에서……!"

자신이 뭘 목적으로 매니 마차도를 찾아왔는지도 잊은 채 과거의 추억 속으로 빠져 들어가는 히스패닉 남자.

"예, 예."

만난 지는 얼마 되지 않았지만 저 절정의 친화력과 모터 달린 입을 충분히 겪어 본 매니 마차도는 한 귀로 적당히 흘리며 끊을 타이밍을 재고 있었으나.

그때, 그의 시야에 양키스의 대기록을 향한 레이스를 양어깨로 견인하고 있는 남자가 들어왔다.

"와아아아아아아-!"

"킴! 킴! 킴! 킴!"

차원이 달라진 관중의 열광을 받으며 입장하는 긴 붉은 머리의 남자.

나흘 전 있었던 토론토와의 2차전을 완봉으로 장식한 아메리칸리그의 패자(霸者), 김신이었다.

이변을 인지할 수밖에 없는 바깥 분위기에 말을 끊은 투머치 토커가 그를 바라보며 고개를 주억거렸다.

"김신인가."

쫙 달라붙어 민망한 모습을 연출하는 쫄쫄이 슈트.

나름 여장을 했다는 걸 표현하고자 하는 붉은 긴 머리 가발과 가슴에 들어찬 휴지.

김신 스스로 뱉었던, 경기 외적인 불문율은 존중한다는 발언을 후회할 만한 복장임에도.

"여기 사인해 주세요!"

김신은 환하게 웃으며 팬들의 무수한 사인 요청을 들어 주고 있었다.

"와아아아아─!"

"절대 지지 말아요!"

광기라 이름 붙이기에도 차고 넘칠 법한 팬들의 비명과 함께 경기장 안으로 사라지는 김신.

그를 묵묵히 바라보던 매니 마차도가 발걸음을 옮겼다.

"가시죠, 베탄시스 씨. 베탄시스 씨도 오늘 출전할지 모르지 않습니까."

"그래."

머지않은 미래, 김신과 함께 양키스를 지탱할 거물들이 발걸음을 옮겼다.

'반드시⋯⋯.'

오늘의 생존을 결의하며.

확장 로스터로 올라온 선수들이 저마다의 결의를 다지는 사이.

"예?"

몸서리쳐지는 루키 헤이징 행사를 끝낸 뒤 훈련장에 들어선 김신을 기다리고 있던 것은 퍽 충격적인 소식이었다.

"뭘 그렇게 놀라?"

그 소식을 전달한 주인공은 양키스 단장 특별 보좌, 그렉 매덕스였고.

소식의 내용은…….

"왜, 나라고 천년만년 있을 줄 알았냐?"

그의 단장 특별 보좌 및 인스트럭터 사임이었다.

연락이나 상담이야 받겠지만, 따로 개인적인 튜터링을 하지는 않을 거라는 통보도 포함돼 있는.

물론 코치가 아닌 인스트럭터라는 것 자체가 단기 직업이고, 그렉 매덕스라는 남자가 오랫동안 양키스에 몸담지는 않을 것이라고 생각했지만.

'적어도 시즌 말, 웬만하면 겨울 훈련까지는 계실 줄 알았는데…….'

시즌 중간, 그것도 포스트시즌이 얼마 남지 않은 상황에서 결실도 보지 않고 모든 걸 내려놓을 줄은 몰랐던 김신의 표정이 굳어졌다.

"그런 건 아니었지만 이번 시즌은 계실 줄 알았죠."

그런 김신을 보며 피식 웃은 매덕스가 첨언했다.

"어차피 배우는 것도 별로 없었으면서 뭘 아쉬운 척이야?"

"무슨 말씀이십니까? 체인지업을 익힌 게 저한테 얼마나 큰 도움이 됐는데요."

"그게 내가 가르친 거냐? 거의 네가 스스로 익힌 거지."

"……."

어찌 보면 그렉 매덕스의 말이 맞았다.

김신의 투수로서의 능력은 지난 그의 생이 기반이 된 것.

이미 완성된 자신의 모습과 미래에 대한 확신으로 가득 찬 그가 그렉 매덕스에게 배울 만한 건 얼마 없었다.

기껏해야 체인지업을 수련할 동기를 제공했다는 것과 그 훈련의 초기 모델을 잡아 줬다는 것 정도?

그럼에도.

"그런 말씀 마십시오. 정말 많이 배웠습니다."

깊게 고개를 숙이는 김신의 심중에 진한 아쉬움이 메아리 쳤다.

김신 스스로도 정확히는 몰랐지만, 그렉 매덕스라는 스승에게 그가 도움 받아 온 것은 스킬적인 측면뿐만이 아니었다.

—빨리 오십시오, 프로페서!

—왔다, 이 자식아. 이놈 이거 재촉하는 것 좀 보게. 프로페서라고 부를 거면 그에 걸맞는 대우를 해야 하지 않냐?

세상에 단 하나뿐인 회귀자로서, 이미 정점에 서 있는 투수로서 느낄 수밖에 없는 고독을 희석시켜 주는 그늘.

—너무 급해. 그러다 탈 나는 법이다.

-조절해서 쓰면 되죠. 이상이 생기면 바로 말씀드리겠
습니다.


　드높은 에고를 가진 김신에게 유의미한 조언과 제안을 건
넬 수 있는 유일하다시피 한 조력자.


　-며칠 전에 두들겨 맞고 정신 번쩍 안 들디?
　-넌 어떻게 생각하는데.
　-이 미친놈······!


때로는 서로 놀리고, 의견을 교환하고, 감탄해 가던.
친구이자 형 같았던, 김신이 심적으로 의지할 만한 거목.
그것이 바로 그렉 매덕스였던 것이다.
"그래, 조만간 또 보자."
그렉 매덕스의 작별 인사에 간질간질한 감정을 애써 가라
앉힌 김신이 고개를 들었다.
"예, 어디로 가시는지는 모르겠지만······ 만약 적으로 만
나면 각오하십시오."
"뭐, 이 자식아? 하, 나, 진짜······! 오냐, 제대로 두들겨
맞게 해 주마!"
"에이, 안 될 거 같은데요?"
"한번 보자. 되는지 안 되는지."

"예, 환영합니다."

"흥!"

그들다운 마무리를 거쳐, 그렉 매덕스의 모습이 건물 안으로 사라지고.

홀로 남은 김신은 조용히 뇌까렸다.

"WBC, 정말로 각오하셔야 할 수도 있습니다, 프로페서."

그 등 뒤로, 낯선 얼굴의 핀스트라이프들이 구슬땀을 흘렸다.

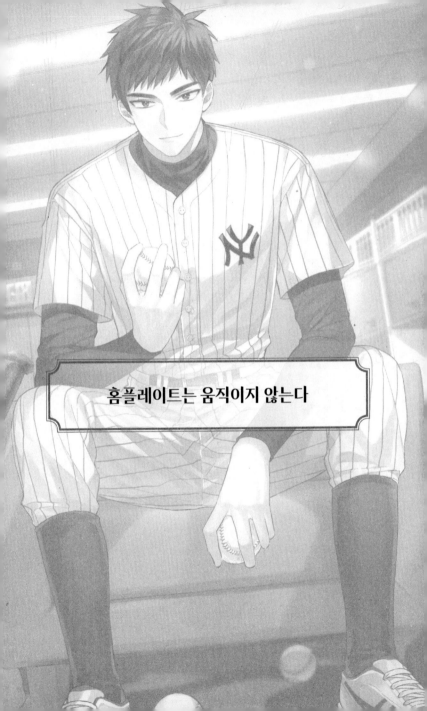

홈플레이트는 움직이지 않는다

은퇴.

더 이상 프로에 걸맞은 퍼포먼스를 낼 수 없음을, 또는 더 이상 자신이 만족할 만한 경기력을 팬들에게 선보일 수 없음을 인정하고 일반인으로 돌아가는 선언.

그러나 금분세수(金盆洗手)를 했더라도 무림인이 완벽하게 은원에서 자유로워질 순 없는 법이고.

아무리 은퇴식을 했다고 해도, 평생 공놀이에만 매진해 온 선수가 둥근 공 없이 살아갈 수는 없는 일.

지도자로, 사업가로, 그것도 아니라면 취미로라도.

자신이 잘해 왔던, 한때 미쳐 있던 무언가를 쉽사리 놓을 수 없는 인간이란 동물은 그렇게 젊은 날을 추억한다.

그렉 매덕스도 그러했다.

그가 지도자의 길을 걷기 시작했던 건.

'나는 뛰어난 감독이 되어 월드시리즈에서 우승하고 더 나아가 왕조를 세우겠어!'

……이런 거창한 목표가 있던 게 아니었다.

그저 야구라는 마약을 놓을 수 없었기 때문에.

어차피 놓지 못할 거라면, 그가 평생 해 왔던 투수라는 길을 뒤따라 걸어가는 후배들을 가르치는 게 낫지 싶어서였다.

겸사겸사 야구 선수가 되고자 하는 아들, 체이스 매덕스도 좀 도와주고.

그런데 그것이 점점 변화하게 된 건 김신을 만나면서부터였다.

　

－실전에서 사용할 수 있을 정도는 아니지만, 연습은 했습니다.

－못 던진다고는 안 했는데요?

　

물론 김신의 가능성을 보고 가슴이 끓어 찾아갔던 것이긴 하지만, 그는 여러모로 그렉 매덕스의 상식을 뛰어넘는 제자였다.

김신과 함께하면서, 이야기 나누면서, 김신을 지켜보면서.

그가 물어 온 다른 선수들을 가르치고, 그들이 한 구단에서 활약하고, 그 구단이 역대급 시즌을 써 내려가는 모습을 보면서.

그렉 매덕스의 가슴에 그가 젊은 날 품었던 열정이 다시금 피어올랐다.

Manager.

팀을 관리하는 존재, 감독에 대한 열망이.

그리고 마침 그때, 그의 등을 살포시 밀어 준 존재가 있었으니.

"웃차."

양키스에서 제공했던 숙소의 마지막 짐을 정리하면서, 그렉 매덕스의 뇌리로 그 당시가 스쳐 지나갔다.


　-WBC 미국 대표팀 투수 코치를 제안받으셨다고 들었습니다.

　-그랬소. 아직 답변은 안 했지만.

　-코치 말고 감독은 어떠십니까?

　-……?


자신이 전심전력으로 도와주겠노라고, 그리 말하며 양키스의 천재 단장은 고했다.

-조 지라디 감독이 천년만년 감독을 할 건 아니지 않겠습니까?

-…….

-곧 데릭 지터와 앤디 페티트는 은퇴할 거고, 구로다 히로키는 일본으로 돌아갈 예정입니다. 사바시아는 노쇠하겠죠. A-rod야 뭐…… 말 안 해도 아실 거고.

-…….

-지금도 그렇긴 하지만 2~3년 뒤 양키스의 핵심은 당연히 김신이고, 우리는 그를 코어로 새로운 팀을 기획하고 있습니다.

-……그래서 하고 싶은 말이 뭐요.

-그 새로운 팀, 왕조를 세울 양키스의 사령탑으로 김신 선수의 스승이자 전설적인 대투수인 그렉 매덕스, 당신을 생각하고 있습니다.

-……!

-김신뿐만이 아닙니다. 당신이 가르쳤던 필 휴즈, 코리 클루버도 그때 빛을 발하겠죠. 어떻습니까. 당신의 아이들이 그라운드를 누비고, 당신은 더그아웃에서 그들을 지휘하는 일…… 끌리지 않습니까?

-그러니까 WBC 대표팀 감독이 돼서, 능력을 증명하라?

-정확합니다.

익숙한 양키스 로고가 박힌 야구 모자를 뒤집어쓰면서 상념에서 빠져나온 그렉 매덕스가 고개를 저었다.

"재수는 좀 없어도, 능력 하나는 확실해."

어떻게 했는지 자세히는 몰라도, 캐시먼은 결국 자신이 호언장담했던 WBC 감독직을 그에게 안겼다.

김신은 당연하고, 필 휴즈와 코리 클루버도 웬만큼은 올라왔다.

당분간은 문제가 없을 거다.

판은 제대로 깔렸다.

남은 것은 옛날처럼, 그의 이름을 드높이는 일뿐.

"그건 자신 있지."

끼익-.

세금, 그리고 죽음과 비견되던 남자가 방을 나섰다.

-방금 그렉 매덕스 씨가 떠났습니다.

"그래? 알았네. 내 방으로 와."

-예.

뉴욕 양키스 단장실.

빌리 리의 전화 보고를 받은 캐시먼이 미소를 지으며 의자 등받이에 몸을 기댔다.

'이걸로 첫 번째 스텝은 됐고.'

그렉 매덕스를 WBC 대표팀 감독 자리에 앉히는 건 별로 어렵지 않았다.

공공연히 '선수를 무사히 구단에 돌려보내는 것이 최선'이라 지껄이는 메이저리그 감독들의 태도를 생각하면, 반드시 우승하겠다는 그렉 매덕스가 객관적으로 봐도 훨씬 나았으니까.

거기에 김신과 적으로 만날 가능성이 높다는 화제성과 캐시먼의 물밑 작업이 합쳐졌으니 감독 자리는 당연한 수순.

그러나.

'못하면 성적을 이유로 선임 불가. 잘하면 그때 가서 또 방법이 있지. 뭐, 진짜 선임할 수도 있긴 하지만.'

사기꾼이라고까지 불리는 남자가 순수하게 한 노인을 위해 움직일 리가 있겠는가.

오히려 캐시먼의 의도는 뒤에 있었다.

김신과 그렉 매덕스가 적으로 만난다는 화제성.

똑똑-!

"들어와."

그 화제성을 더욱 키워야 할 존재의 얼굴을 확인하며, 캐시먼은 물었다.

"빌리, 자네 한국계 맞지?"

"……?"

다짜고짜 튀어나온 사적인 질문에 당황하기도 잠시, 빌리 리가 고개를 끄덕였다.

"예, 맞습니다만."

"한국에 영향력을 끼칠 만한 사람 혹시 아나? 같이 하버드에서 공부했던 코리안 가이들도 좋고, 자네가 개인적으로 아는 사람도 좋네."

점점 더 오리무중으로 향하는 질문.

그러나 빌리는 뭔가를 예상했는지 얼굴을 찌푸린 채 답했다.

"없습니다. 그리고 그거 제 일 아닙니다. 홍보팀에 시키십시오. 저 안 합니다."

그에 아랑곳 않고 캐시먼이 웃으며 가로되.

"하하, 물론이지. 실무는 홍보팀이 할 거야. 자네는 총괄만 해, 총괄만."

"단장님!"

"어허, 단장이 되고 싶다며? 다 필요한 경험이니까 잔말 말고 하게. 실무는 홍보팀이 다 해 줄 텐데 뭐가 어려워?"

"후우……."

빌리 리에게 커다란 업무 벼락이 쏟아져 내렸고.

잠시 한숨을 쉬던 빌리 리는 결국 상관의 명령을 받아들이고야 말았다.

"알겠습니다……."

그러자 그럴 줄 알았다는 듯 책상 아래에서 종이 뭉치 하나를 꺼내 드는 캐시먼.

그의 입에서 사건의 전말이 흘러나왔다.

"자, 이걸 참고하면 돼. 기억할 건 세 가지네. 첫째, 2002년에 한국 정부가 왜 월드컵 4강 멤버에게 병역 혜택을 주었는가. 둘째, 지금까지 WBC에서 한국의 성적과 스토리는 어떠한가. 셋째, 김신은 한국에서 어떤 위치에 있는가."

감독 경험이 일천한 그렉 매덕스를 꼬셔 WBC 감독 자리를 맡기고.

뉴욕 양키스라는 세계 최고 스포츠팀의 힘을 한국에 집중 투사하여 이루고자 하는 것.

"알겠습니다."

"웬만한 건 다 들어 있을 테지만, 결국 총괄은 자네야. 내가 믿고 맡긴다는 걸 잊지 말게. 질문 있나?"

"없습니다. 누구 덕분에 이제부터 퇴근을 못할 거 같은데, 이만 나가 봐도 되겠습니까?"

"그래, 나가 봐."

"그럼."

그것은 바로 김신의 미래 커리어에 가장 큰 장애물.

'코리안은 이게 참 문제긴 해.'

병역의 면제였다.

물론 그거 하나만 노리고 움직인 건 또 아니었지만.

"흐음."

본디 박천후를 통해 노렸던 아시아 시장 개척도 김신이라면 이어 갈 수 있으리라.

게다가 WBC는 9월에 차출을 요청하는 아시안게임과 달리 아닌 3월 차출이라는 점 등등.

줄줄이 딸려 오는 몇 가지 이득들을 정리하며 만족스럽게 턱을 쓰다듬던 캐시먼이 문득 빌리를 불렀다.

"이봐, 빌리."

"……? 말씀하십시오."

그리고 막 방을 나가려던 빌리에게서 캐시먼이 재차 확인한 것은.

"사바시아와 앤디의 복귀는 문제없겠지?"

"그렇습니다. 이미 준비는 끝났고, 복귀만 하면 되는 정도입니다."

"좋아, 좋아. 나가 봐."

"예."

그가 미래에 더한 비중을 둘 수 있도록 해 주었던 보험에 대한 확답.

'앞으로 몇 년간은 그레이트 양키스의 시대다. 암, 그렇고말고.'

양키 스타디움.

단장실의 불빛이 일렁였다.

[웰컴 투 메이저리그 베이스볼! 여기는 뉴욕 양키스와 볼티모어 오리올스의 3차전 경기가 펼쳐지는 양키 스타디움입니다! 라인업을 설명드리기에 앞서, 이 얘기를 안 할 수가 없겠죠? 오늘 양키스에서 조금 특이한 루키 헤이징 행사를 진행했습니다.]

[그렇습니다. 보통 경기가 끝난 이후 비행기를 탈 때까지 진행하는 것이 일반적인데, 아예 선수들이 출근할 때부터 루키 헤이징 복장을 입도록 했죠. 팬들도 잔뜩 불러 모으고요.]

[캐시먼 단장의 결단이라고 하는데, 양키스가 역대급 시즌을 쓰고 있는 만큼 기세를 이어 가겠다는 판단인 거 같습니다. 특히 김신 선수의 복장이 아주 화제가 됐어요. 여성 팬들이 연신 비명을 질렀다는군요, 하하.]

오후 1시.

김신은 깔끔한 핀스트라이프로 갈아입은 채 더그아웃에 앉아 있었다.

어차피 경기에 출전할 일은 없고 경기가 끝나면 다시 그 움직이기도 버거운 끔찍한 복장을 해야 했지만, 그대로 있는 것보다는 훨씬 나았으니까.

'캐시먼…… 이 빌어먹을 작자.'

하지만 오늘의 평범치 않은 행사를 기획한 캐시먼을 씹기도 잠시.

이내 김신의 뇌리는 루키 헤이징도, 오늘의 경기도 아닌 다른 주제로 채워졌다.

'WBC······.'

World Baseball Classic.

역사가 바뀌지 않는다면, 급히 이별을 고한 그렉 매덕스와 적으로 만나게 될 국제 대회.

그렉 매덕스와의 작별이 그 대회를 김신에게 떠올리도록 만든 것이었다.

물론 메이저리그에서도 첫 손가락에 꼽히는 성적을 쓰고 있는 김신이기에 대표팀 선정은 기정사실이나 다름없었으나.

김신은 아직 그 참가조차 결정하지 못한 상태였다.

'류한준 선배도 안 나올 거고······ 이번 대회 한국은 처참한 성적을 기록한다.'

그가 합류한다고 해도 우승을 기약할 수 없는 빈약한 한국 대표팀의 로스터가 문제였다.

더군다나 WBC 일정은 메이저리그 시즌이 시작하기 직전인 3월 초.

참가한다면 필연적으로 2013 시즌 행보에 영향이 갈 수밖에 없는 상황.

'차라리 병역 혜택이라도 있었으면 모르겠는데.'

그런데 WBC는 아시안 게임과 달리 병역 혜택도 없는 대회였으니, 김신이 참가를 고민하는 것도 당연했다.

그럼에도 그가 참가를 '고민'하는 이유는.

"쯧."

태극 마크.

두 생을 통틀어 처음으로 국가를 대표해 뛸 수 있다는 사실과.

한국이 초창기 2연속 준우승을 끝으로 두 번 다시 우승권에 도달한 적이 없다는 역사 때문이었다.

쉽사리 답이 나오지 않는 문제에 결국 김신은 고개를 절레절레 흔들었다.

"모르겠다, 떡 줄 사람 생각도 않는데 무슨."

"뭐라고?"

"아냐, 아무것도."

"……?"

옆에 있던 게리 산체스의 의문 섞인 표정과 함께, 김신의 고개가 그라운드로 돌아갔다.

'일단은 월드시리즈 트로피부터.'

그 고민을 해결하기 위해 캐시먼이 뭘 꾸미고 있는지는 꿈에도 모른 채로.

그리고 다음 순간.

뻐엉-!

고민으로 복잡했던 머리를 시원하게 날려 주는 플레이가 그라운드를 수놓았다.

[매니 마차도-!]

9월. 확장 로스터가 시작되는 달.

이미 가을 야구에 모습을 보일 수 없다는 게 확정된 팀은 당연하겠지만, 포스트시즌 진출이 확실시되는 팀도 주전들에게 휴식을 부여하기 위해 로테이션을 돌리게 마련이다.

특히 큰 경기 차로 지구 선두를 달리고 있다면 더더욱.

하지만 그것도 어느 정도까지이지, 한 시즌 리그 최다승 기록 경신이 눈앞에 있는 양키스로서는 정상적인 로테이션을 가동할 리 없었다.

그렇다고 주전들에게 휴식을 부여하지 않을 수도 없는 마당이니, 결국 양키스가 할 수 있는 선택은 최소한의 로테이션만을 가동하여 포스트 시즌과 정규 시즌, 두 마리의 토끼를 노리는 것.

그런 상황에서 실낱같은 선발 출장 기회를 선사받은 사람 중 하나가 바로 매니 마차도였다.

"후욱……."

내야의 중앙. 2루 베이스를 밟고 심호흡하는 매니 마차도를 확인하며, 해설진이 양키스의 변화를 지적했다.

[오늘 양키스 라인업에 변화가 좀 있습니다. 스즈키 이치로 선수가 좌익수 수비를 보고, 닉 스위셔 선수가 지명타자로 출장했습니다. 그리고 이 선수, 어제 콜업된 루키인 매니 마차도 선수가 데뷔전을 치릅니다.]

[아이러니하게도 상대 팀인 오리올스에서 이번 시즌 트레이드된 선수죠. 특이하게도 트레이드 이후 유격수에서 2루수로 포지션을 변경한 이력이 있습니다. 이런 경우 수비력에 물음표가 붙을 수밖에 없는데요. 오늘 경기 오리올스에선 이 점을 공략해야겠습니다.]

[그렇습니다. 아무리 수비 위치가 크게 다르지 않은 키스톤 콤비라고 해도, 고작 3개월 만에 2루수 수비를 숙달한다는 건 말도 안 되죠. 아마 양키스에서도 큰 기대를 가지고 올린 건 아닐 듯합니다.]

[예. 그저 타격 능력을 확인하는 정도일 거라고 생각합니다. 어쨌든 현재 주전 2루수인 에두아르도 누네즈 선수의 방망이가 좋지 못한 건 사실이니까요. 다음 내지 다다음 시즌을 생각하겠다는 거 같습니다.]

[마침 화면에 매니 마차도 선수의 마이너 성적이 뜨는군요. 함께 확인하시죠.]

오늘 경기 양키스 내야 수비의 구멍.

볼티모어 오리올스에서 의도적으로 1, 2루 사이를 노려야 하는 이유.

선발 출전한 매니 마차도를 보고 모두가 그렇게 생각했지만, 단 두 사람.

'과연 얼마나 해 주려나.'

그의 미래를 알고 있는 김신과.

"후우우……."

심호흡을 끝내고 날카로운 눈빛으로 타석을 노려보는 매니 마차도만큼은 달랐다.

그리고 마치 기다렸다는 듯이.

[경기 시작합니다. 코리 클루버, 닉 마카키스를 상대합니다. 초구!]

공이 매니 마차도에게로 쏟아졌다.

따악ㅡ!

처음은 1, 2루 간으로 향하는 평범한 땅볼.

[매니 마차도, 가볍게 포구해서 1루로! 아웃입니다. 초구를 건드렸다 어이없게 물러나는 닉 마카키스 선수.]

[아예 투심을 노리고 들어왔던 거 같은데, 선두 타자로서는 좋지 않은 타격입니다. 공을 더 봤어야죠.]

[그렇습니다. 이렇게 1구 만에 아웃당해 주면 투수만 신나죠. 매니 마차도 선수가 메이저리그 첫 아웃 카운트를 신고합니다.]

그 공을 처리했을 때까지만 해도, 세인들은 대수롭지 않게 여겼다.

처리하지 못하면 내야수라는 명함을 달 수 없을 정도로 기본적인 타구였으니까.

그러나 다음 타구에서도 당연하다는 듯 팔짱 끼고 앉아 있을 수 있는 관중은 없었다.

따악ㅡ!

2-2 볼카운트.

볼티모어 오리올스의 주전 유격수 J. J. 하디가 받아 친 공이 큰 바운드를 일으키며 솟아오름과 동시에.

"흐읍ㅡ!"

매니 마차도가 뛰어올랐다.

[1, 2루간 빠집…… 워우!]

베테랑 2루수들도 잡기 어려운 그 타구는 매니 마차도의 글러브가 원래 목적지였다는 듯 정확하게 그 속으로 파고들었고.

타악-!

착지하면서 뒤로 벌렁 드러누웠던 매니 마차도는 상체를 튕겨 일으킴과 동시에 그 반동으로 송구를 해내.

뻐엉-!

볼티모어 오리올스가 자신을 트레이드하게 만들었던 이유, J. J. 하디의 안타를 훔쳐 버렸다.

[아웃입니다! 언빌리버블! 아름다운 수비를 보여 주는 매니 마차도! 코리 클루버 투수도 감사를 표합니다!]

"홀리 싯!"

"쟤가 누구라고? 마차도? 최고다, 이 자식아! 앞으로도 그렇게만 하라고!"

자신에게 붙여졌던 물음표를 느낌표로 바꿔 낸 매니 마차도.

하지만 심지어 그것도 끝이 아니었다.

따악-!

[이 타구가 좌중간을 가릅니다! 타자 주자 1루 돌아 2루까지! 공격의 불씨를 살리는 네이트 맥라우스의 2루타!]

코리 클루버가 마지막 한 개의 아웃 카운트를 앞에 두고 3번 타자 네이트 맥라우스에게 2루타를 맞은 직후.

"헤이, 루키. 너무 빡세게 하지 말라고. 앞으로 남은 시간 많잖아?"

2루 베이스를 밟은 채 자신에게 트래시 토크를 시전하는 네이트 맥라우스를 무시하며 매니 마차도는 중계받은 공을 꺼내 쥐고 어깨를 휘둘렀고.

그다음 순간.

"이봐……."

루키의 멘탈을 흔들기 위해 재차 입을 열던 네이트 맥라우스의 옷깃에 둥근 물체가 닿았다.

턱.

"응?"

"아웃!"

심판 콜이 떨어지고도 어리둥절해할 수밖에 없는 결과에 같은 양키스 팀원들이나 볼티모어 오리올스 선수들, 관중 모두 고개를 갸웃할 찰나.

피식 웃으며 숨겨 뒀던 공을 던지고 더그아웃으로 향하는 매니 마차도의 등 뒤로 경악 어린 해설진의 감탄이 쏟아졌다.

[매니 마차도─!]

매니 마차도가 자신의 메이저리그 첫 이닝을 홀로 해결하는 순간이었다.

히든 볼 트릭(Hidden Ball Trick).

야수 혹은 투수들이 주자를 속여 아웃 카운트를 만들어 내는 기술로.

쉽게 트릭 플레이, 페이크라고도 부르는, 닳고 닳은 베테랑들만의 기교(技巧)다.

원역사에서도 데뷔 시즌에 페이크를 사용했던 남자, 매니 마차도는 한술 더 떠 그걸 데뷔전에서 보여 줘 버렸고.

[올해 양키스는 정말 뭡니까! 어떻게 이런 루키들이 연달아 등장하죠? 데뷔전에서! 루키가! 트릭 플레이를 펼칩니다! 와우!]

[아까 제가 뭐라고 했었죠? 수비력에 의문점이 있다, 이렇게 말했던가요? 그 말 취소하겠습니다. 제가 실언을 했네요.]

거대한 전광판에 리플레이되는 그 장면을 확인한 해설진의 찬사와 팬들의 환호성은 물론이거니와.

"미친…… 진짜 올해 대박인데?"

"렛츠 고, 양키스-!"

갑작스레 더그아웃으로 들어오게 된 양키스 선배들의 손길이 매니 마차도에게 향하는 건 당연한 일.

"이 자식, 물건이네?"

"긴장 안 하냐? 여기가 편해? 기특한 놈!"

브렛 가드너가 매니 마차도의 머리를 헝클어트리는 장면을 바라보며, 김신이 흡족하게 웃었다.

'아무리 가르쳐도 육성해 낼 수 없는 게 있지.'

그런 자들이 있다.

연습 때는 아쉬운 실수를 범하다가도 오히려 실전에만 들어가면 펄펄 나는 사람들이.

예상치 못한 상황임에도 준비라도 했다는 양 매끄러운 임기응변을 쏟아 내고.

부담감이 가중되는 게 당연한 터프한 경기일수록 오히려 빛나는 존재들이.

태어날 때부터 내재하지 않으면 장착하기가 극히 어려운 스킬, 강심장.

매니 마차도는 그걸 타고난 남자였다.

'뭐, 문제가 없는 건 아니지만.'

물론 매니 마차도에게도 문제는 있었다.

바로 그가 악동이라는 칭호를 획득하도록 했던 더러운 성깔이 그것이다.

고의적인 헛스윙으로 포수 뒤통수를 후려치고, 무릎 쪽으로 공이 들어왔다고 다음 스윙 때 방망이를 3루로 냅다 집어던지는 것은 양반이다.

심지어 주루 중에 상대를 방해하기 위한 나쁜 손, 나쁜 발을 쓰는 것으로도 유명해 보스턴의 심장 더스틴 페드로이아를 은퇴로 이끄는 부상을 입히는 것도 모자라.

2018년 월드 시리즈에선 고의적으로 상대 1루수의 발뒤꿈치를 밟기도 했으며.

지금은 같은 팀이 된 조시 도널드슨에게 시비를 걸어서 벤치 클리어링을 초래한 적도 있었다.

하지만 그건 매니 마차도가 볼티모어 오리올스에서 성장했을 때의 이야기.

'양키스에선 쉽지 않을걸.'

따로 주장을 지정하는 경우가 극히 드문 메이저리그에서 데릭 지터-브렛 가드너-게리 산체스로 이어지는 3세대 동안 주장을 천명했던.

꼰대라 불려도 할 말 없는 전통을 다수 가진 뉴욕 양키스에서, 그걸 계승할 사람들이 넘쳐흐르는 와중에도 과연 천둥벌거숭이처럼 날뛸 수 있을까?

더군다나 새로 합류한 조시 도널드슨과 게리 산체스도 성깔 더럽기로는 둘째가라면 서러워할 남자들.

'이쪽도 만만치 않다고.'

아직 고대 야만인적 성향을 버리지 못한 수컷들 사이에 둘러싸여 있는 매니 마차도의 모습을 확인하며.

미소를 더욱 짙게 한 김신의 고개가 그라운드로 돌아갔다.

김신이 뉴욕 양키스를 덮치는, 역사에 없던 사건 사고들로 인해 초월자의 개입에 대한 의지를 불태웠던 것이 무색하게도.

2012 시즌의 흐름은 거의 변하지 않았다.

〈다시 살아난 샌프란시스코 자이언츠! 1년 만에 대권 도전!〉

내셔널리그에서는 작년 처참히 무너졌던 타선을 수습하여 짝수 해의 기적을 만들려는 샌프란시스코 자이언츠를 필두로.

신시내티 레즈, 세인트루이스 카디널스, 애틀랜타 브레이브스 등 원래 그 자리를 차지했던 면면들이 부상하고 있었으며.

〈미겔 카브레라, 시즌 33호째 아치 그려. 홈런왕 내놔!〉

아메리칸리그 또한 김신과 함께 압도적인 성적을 쓰고 있는 뉴욕 양키스와 그 양키스를 챔피언십 시리즈에서 셧아웃시켰던 디트로이트 타이거스를 포함해.

오클랜드 애슬레틱스, 볼티모어 오리올스, 텍사스 레인저스 등으로 가을 야구 참석자들이 좁혀지고 있었다.

그런 의미에서.

[여기는 뉴욕 양키스와 볼티모어 오리올스의 시리즈 승패를 가르는 3차전 경기가 펼쳐지고 있는 곳. 양키 스타디움입니다. 곧 1회 말 양키스의 공격이 시작되겠습니다.]

8월에 이어 9월의 시작 또한 함께하게 된 팀, 볼티모어 오리올스와의 3차전은 양키스는 물론이거니와 김신에게도 중요한 의미가 있는 경기였다.

그중 첫 번째 이유는 1회 초 3개의 아웃 카운트를 모조리 책임졌던 3억 달러의 남자, 매니 마차도의 경기력을 확인해야 했기 때문이고.

두 번째는.

'오리올스와의 정규 시즌 마지막 홈경기니까.'

디비전 시리즈에서 만날 가능성이 높은 두 팀 중 하나인 볼티모어 오리올스와의 마지막 홈경기에서.

'진짜' 볼티모어의 전력을 파악해 볼 필요가 있었기 때문이다.

아무리 승률이 낮은 팀도 3할은 너끈히 기록하는 야구라는 스포츠에서, 언더도그가 시리즈를 석권하는 건 그리 드문 얘기가 아닌바.

심지어 평범한 투수였던 돈 라슨이 퍼펙트를 기록하고, 랜디 아로사레나라는 무명의 선수가 깜짝 9홈런을 때려 내기도 하는 포스트 시즌.

미친 선수가 하나라도 등장하면 어떻게 될지 모르는 엘리미네이션 경기를 치를 상대를 면밀히 확인하는 건 당연한 일 아니겠는가.

그리고 지난 1, 2차전이 아니라 오늘이 진짜 볼티모어의 모습인 이유는.

오늘 경기의 선발 투수가 바로.

[피처, 넘버 16. 천─ 웨인!]

볼티모어 오리올스의 4년을 지탱할 에이스였기 때문이다.

뻐엉─!

경기가 계속됐다.

지피(知彼)를 위해 번뜩이는 김신의 눈초리와 함께.

ꕤ

첫 키스, 첫 만남, 첫 출근, 첫 무대, 그리고 첫사랑.

처음은 언제나 특별하다.

처음이 그렇게나 특별한 이유는 여러 가지가 있겠지만, 그중 한 가지는 바로 기대감이라 할 수 있다.

경험해 보지 못한 미지에 대한 기대감.

그 미지에 발을 들인 내가 어떤 감정을 느끼고, 어떤 행동을 할지에 대한 기대감.

또한 인간이란 감정을 가진 동물이고, 보이는 정황만으로도 감정을 공감할 줄 아는 존재이기 때문에.

그 기대감을 이미 겪어 본 다른 사람들도 누군가의 처음에 쉽사리 공감하고, 같이 기대하게 된다.

그래서였다.

뉴욕 양키스와 볼티모어 오리올스의 3차전, 3회 말.

해설진이 목소리를 높인 것은.

[양키스의 선두 타자는 매니 마차도 선수입니다! 데뷔 경기라고는 믿을 수 없는 수비를 연달아 보여 준 양키스의 신인 2루수죠. 과연 방망이는 어떨지!]

[사실 수비는 에두아르도 누녜즈 선수도 나쁘진 않아요. 매니 마차도 선수가 조 지라디 감독 눈에 들려면 결국 방망이가 중요합니다.]

마운드에 있는 건 2회까지 단 두 번의 출루만으로 양키스의 막강한 타선을 꽁꽁 묶은 볼티모어의 에이스, 천웨인.

명실상부 2012년, 아니, 앞으로 4간간 볼티모어 오리올스의 에이스로서 포효할 사나이였다.

김신과 같은 동양인, 같은 좌완, 오버핸드를 연상케 하는 하이 스리쿼터, 같은 포심-슬라이더-커브 로테이션.

체인지업을 제외하면 열화판 김신이라 할 정도로 흡사한 구종을 가진 적 팀의 에이스를 향해.

몇 달 전까지만 해도 박수를 보내던 동료를 향해, 매니 마차도가 전혀 다른 감정을 담아 방망이를 곧추세웠다.

'와라!'

2루수로의 컨버전은 쉽지 않았다.

아무리 수비 위치가 비슷하다고 해도 정반대의 움직임을 가져가야 하는 보직에 바로 익숙해질 수 있는 사람은 없는 법이니까.

오늘 좋은 모습을 보여 주긴 했지만 아직 만족스럽진 않았다.

하지만 방망이는?

유격수건 3루수건 2루수건 타석에 설 때는 그저 한 명의 타자일 뿐.

예전이나 지금이나 한결같은 나무의 감촉은 매니 마차도의 손에 자신감을 불어넣기에 충분했다.

–이 자식, 물건이네?

그리고 무려 데릭 지터에게서 칭찬을 듣게 만든, 그가 이번 경기 작성한 호성적이 그의 등을 가호했다.

따악–!

[매니 마차도–!]

다시금 해설진이 그의 이름 말고는 다른 말을 할 수 없게 만드는 큼지막한 타구.

[우익수 뒤로! 우익수 뒤로! 하지만–!]

본디 지금쯤 볼티모어 오리올스에서 휘둘러져야 했을 방

망이에서 시작된 흰 선이 양키 스타디움의 짧은 우측 담장을 어루만졌다.

[넘어…… 갑니다!]

0의 균형을 깨뜨리는 선두 타자 홈런.

"이건 좀 예상외인데."

지피(知彼)보다 먼저 지기(知己) 해야 했음을 깨달은 김신이 멋쩍게 볼을 긁적였다.

경기 초반 결정적인 호수비와 리드를 가져오는 솔로 홈런.

그야말로 완벽하다고 할 만한 시작으로 데뷔전을 열었으나, 매니 마차도는 아직 부족하다는 듯 훨훨 날았다.

뻐엉-!

[안정적입니다, 매니 마차도!]

빈말로도 좋다고는 말 못하는 커버 범위를 가진 유격수, 데릭 지터 뒤에서 양키스 내야의 안정성을 더했고.

따악-!

[이 타구가 중견수 앞에 떨어집니다! 매니 마차도, 연속 안타!]

또다시 홈런을 때려 내진 못했지만, 멀티 히트를 기록하며 방망이도 뜨겁다는 것을 증명해 냈다.

물론 야구는 팀 스포츠고, 아무리 혼자 잘한다고 해도 팀원들이 받쳐 주지 못하면 승리는 요원한 일이다.

그러나 현재 매니 마차도의 소속팀은 매년 돈에 허덕이고 특별한 일이 없으면 하위권을 전전하는 볼티모어 오리올스가 아니라.

따악-!

악의 제국, 뉴욕 양키스였다.

[데릭 지터! 역시 데릭 지터입니다! 훌쩍 달아나는 2타점 적시타! 양키스가 신바람을 냅니다!]

6회가 종료된 뒤 전광판에 찍혀 있는 숫자는 5와 2.

김신의 날카로웠던 눈초리가 조금 가라앉았다.

'괜찮네.'

코리 클루버가 아무리 미래의 대투수라 해도 지금은 주무기도 채 완성되지 않은 메이저 1년 차 루키.

적은 팀의 4선발을 상대로도 점수를 내지 못하고, 팀의 타선은 적의 에이스조차 제어하지 못한다.

더군다나 지금보다 허약했던 양키스조차 과거 2012 디비전 시리즈를 제압해 낸 역사가 있었으며.

결정적으로.

그때와도, 지금과도 달리 양키스에 존재하는 한 남자.

2012 양키스의 디비전 시리즈 1차전 마운드를 책임질 남자는 승리밖에 모르는 바보였으니까.

'조금 편하게 봐도 되겠어.'

무슨 일이 벌어질지 알 수 없는 포스트 시즌이라지만, 엄연히 존재하는 실력 차는 실력 차.

　웬만해서는 질 수가 없는 사이즈에 김신이 미소와 함께 더그아웃 의자에 몸을 묻는 순간.

　[7회 초, 양키스에 투수 교체가 있습니다. 코리 클루버 선수가 내려가고…….]

　그라운드에 집중하느라 김신이 보지 못했던 조 지라디 감독의 전화 한 통이.

　[이번 확장 로스터에 콜업된 투수, 델린 베탄시스 선수가 마운드를 이어받습니다.]

　그를 다시 일으켜 세웠다.

　"으음?"

　델린 베탄시스.

　2006년부터 양키스 팜에서 성장한 로컬 보이.

　2010년대 중반 양키스 불펜조의 핵심으로 현재 마리아노 리베라가 가진 단일 시즌 양키스 릴리버 삼진 기록을 갱신할 남자.

　하지만.

　'지금은 선발 투수로 키우고 있었을 텐데?'

　그건 2014년부터의 이야기.

　델린 베탄시스는 제구 난조를 해결하지 못하고 선발 투수로서 낙제점을 받기 전까지 마이너에서도 제대로 통하지 않는 투수에 불과했다.

'무슨 일이 벌어진 거지?'

또다시 변화한 미래에 김신의 시선이 조 지라디 감독에게로 향할 찰나.

뻐엉-!

2미터의 큰 키에서 내려꽂히는 포심 패스트볼이 게리 산체스의 미트를 관통했다.

"굿! 좋아요!"

이미 마이너에서부터 안면이 있던 게리 산체스가 델린 베탄시스에게 엄지를 치켜세우길 몇 번.

해결할 길 없는 의문은 제쳐 두고 김신이 다시 눈에 힘을 줌과 동시에 델린 베탄시스의 이번 시즌 첫 메이저 투구가 시작됐다.

[나우 배팅. 넘버 12. 마크 레이놀드!]

상대는 볼티모어 오리올스의 6번 타자, 1루수 마크 레이놀드.

이를 악문 델린 베탄시스가 오른손을 휘둘렀다.

그리고, 델린 베탄시스가 4년 연속 올스타에 선발됐던 이유 중 하나가 그라운드에 펼쳐졌다.

뻐엉-!

"스트라이크!"

제구가 불안한 건 맞다.

하지만 커맨드가 조금이라도 잡히는 오늘 같은 날에는.

아무리 저니맨이라지만 썩어도 준치인 메이저리거, 마크 레이놀드가 속절없이 당할 수밖에 없는 공.

[101마일! 이 선수 역시 포심이 일품이에요!]

바로 직전까지 마운드를 지켰던 코리 클루버의 투심보다 10마일 가까이 빠른 공.

김신의 것과 비슷한 속도를 가진, 포심 패스트볼이었다.

뻐엉―!

"스트라이크!"

물론 제구도 좋지 않고, 아직은 위력적인 세컨 피치나 서드 피치도 딱히 없다.

그래서 마이너에서조차 '선발' 투수로서는 두들겨 맞기 십상이다.

그러나 한 이닝만큼은. 구속이 좀 떨어지는 투수 뒤에 올라와 전력으로 100마일을 마음껏 던질 수 있는 딱 한 이닝만큼은.

메이저에서도 통할 만한 '불펜' 투수가 바로 현재의 델린 베탄시스였다.

따악―!

[높게 뜹니다! 중견수 커티스 그랜더슨, 가볍게 처리! 삼 구 만에 첫 번째 아웃 카운트를 올리는 델린 베탄시스 선수!]

그러나 그런 그가 2014년이 돼서야 두각을 드러낸 건 그의 가능성을 믿고 계속해서 선발 투수로 키우고자 푸시했던 구단의 덕도 있지만.

델린 베탄시스 본인이 불펜이 아닌 선발로 마운드에 서고자 했기 때문이었는데.

"흐음……."

힘 대 힘의 대결로 타자를 이겨 낸 후 마운드에서 포효하고 있는 저 남자가 억지로 불펜으로 올라와 있다는 생각은 들지 않았다.

그에 미간을 좁히며 고개를 갸웃하던 김신이.

'뭐, 좋은 게 좋은 거니까. 불펜은 많을수록 좋지.'

이내 피식 웃으며 팔짱을 풀 무렵.

쿵-!

[와일드 피치! 와일드 피치가 나옵니다! 크리스 데이비스 1루로 전력 질주! 1루에서…… 세이프입니다!]

[주자라도 있었다면 큰일 났을 뻔한 장면입니다!]

델린 베탄시스를 날아오르게 했던 두 번째 무기지만, 아직은 다듬어지지 않은 공.

커브가 크리스 데이비스에게 출루를 허용했다.

'저건 똑같구먼. 어떻게 할까…….'

김신의 새로운 고민과 함께, 경기가 계속됐다.


〈양키스, 볼티모어 시리즈도 제압! 지구 우승 확정까지 남은 반년 남짓한 기간에 162경기를 치르는 메이저리그의 일정은 가혹하다.

아무리 전세기로 편하게 이동한다지만, 경기를 치른 직후 부랴부랴 이동해야 하는 선수들 입장에서는 절대 편하다고 말할 수 없는 게 사실이다.

그것도 뉴욕에서 플로리다라는, 미국 대륙을 세로로 가로지르는 원정길에 오른 와중이라면 더욱 피곤한 게 당연한 일.

하지만 호화로운 양키스 전세기 안에, 피로가 아닌 다른 이유 때문에 가라앉아 있는 남자가 있었다.

휴식할 때면 쉴 새 없이 움직이던 모터 마우스를 작동 중지하고, 옆에 앉은 매니 마차도가 완벽한 데뷔전을 치르고도 눈치를 보게 만드는 그의 이름은.

"후우."

델린 베탄시스.

맨해튼의 이민자 가정에서 태어나 뉴욕 양키스의 경기를 밥 먹듯이 보며 자라온, 1998년 데이비드 웰스의 퍼펙트게임을 직관한 이후 더 이상 헤어 나올 수 없을 정도로 양키스에 빠져 버린 남자였다.

그의 눈에 붉게 달아오른 중지가 아른거렸다.

'흐흐, 어렵구먼, 어려워. 연습할 때는 괜찮은가 싶더니
또……'

7-3으로 위닝 시리즈를 거둔 볼티모어 오리올스와의 3차
전, 객관적으로 델린 베탄시스의 피칭은 괜찮았다.

허나 무실점으로 1이닝을 완벽하게 책임졌음에도 델린 베
탄시스의 뇌리에는 와일드 피치를 기록한 것도 모자라 계속
해서 안 좋은 상황을 연출했던 커브가 가득했다.

물론 지금이 아닌 미래엔 괜찮아질지도 모른다.

아니, 그의 재능과 노력이라면 아마 괜찮아질 것이다.

그러나 델린 베탄시스에게는 지금이 아니면 안 됐다.

바로 올해. 양키 스타디움에 당당히 서고 싶었다.

양키스의 역대급 시즌에 이바지한 멤버 중 하나가 되고,
포스트 시즌 로스터에 이름을 올리고 싶었다.

더 나아가 앞으로 세워질 왕조의 창립 공신이 되고 싶었
다.

가슴이 끓어올라 견딜 수가 없었다.

그러려면…….

'이대로는 안 돼.'

뭔가가 더 필요했다.

지금으로서는 콜업 후 첫 면담에서부터 조 지라디 감독에

게 어필했던 것이 부끄러울 지경이었다.

그때, 그가 열의를 불태우도록 만들었던 양키스의 선봉장이 저 멀리서 걸어왔다.

저벅저벅.

'김신······.'

그보다 네 살이나 어린 나이에 이미 아메리칸리그를 지배하는 양키스의 왕자.

오직 선발로 출장하려 했던 그가.

불펜으로 시작해 선발로 전향하는 걸로 인생 플랜을 수정하게 했던 사나이.

복잡한 감정을 담은 델린 베탄시스의 눈빛이 그 철탑 같은 남자에게로 향했다.

'응?'

그런데 김신 또한 그를 똑바로 바라봐 오는 것이 아닌가.

"오늘 투구 잘 봤습니다."

김신의 발걸음이 델린 베탄시스의 앞에서 멎고.

"같은 100마일 동지가 생겨서 기쁘네요, 하하! 식사나 한 번 어떻습니까? 내일은 제가 선발이라 어렵고, 그다음 날쯤? 시간 괜찮으십니까?"

델린 베탄시스의 우울함을 해결할지도 모르는 손바닥이 그의 앞으로 내밀어졌다.

사자, 호랑이, 곰, 표범, 치타 등 선천적으로 날카로운 이빨과 발톱, 두꺼운 가죽이라는 장비를 가지고 태어나는 맹수들에 비해.

그리 단단하지 못한 이빨과 발톱, 연약한 피부를 지닌 인간은 너무나 나약한 존재다.

그런데 결국 그 인간은 지구의 지배종이 되었고, 자칭이긴 해도 만물의 영장(靈長)이라는 타이틀을 획득했다.

이유는 많다.

뛰어난 두뇌 덕분이기도 하고.

도구를 만들기에 최적화된 이족보행과 손의 모양도 큰 영향을 끼쳤을 것이다.

하지만 가장 중요한 건 따로 있다.

"저기. 큰 사슴. 있다. 혼자. 못 잡음. 같이?"

"우가우가."

바로 사회적인 동물이라는 것.

부족부터 시작하여 마을, 도시, 국가에 이르기까지.

인간은 수많은 공동체를 형성하여 당면한 고난에 함께 대응한다.

인간의 DNA 안에 박혀 있는 그 본능은 손짓 발짓과 우가우가로 소통하던 고대나 발달한 문명을 향유하는 현대나 크게 다르지 않아서.

시대별로 부르는 명칭은 달랐지만, 요즘 말로는 스터디 (Study)라 부르는.

자격증, 취업, 면접, 국가고시 등을 통과하기 위한 모임이 여기저기 존재하는 건 어찌 보면 당연한 일이다.

"흠, 노바 선배, 여기 봐요. 5회부터 확연히 포심의 회전수가 떨어졌어요. 이래서 6회에 대량 실점한 거예요. 포심이 먹히지 않으니까. 아무래도 페이스 조절에 실패하신 게 아닐까요?"

"음…… 아무래도 상대가 보스턴이다 보니까 나도 모르게 초반부터 힘이 좀 들어갔나 봐."

체력의 보존을 위해 피칭을 생략한.

김신, 필 휴즈, 이반 노바, 코리 클루버, 게리 산체스의 정기 모임도 그런 스터디의 일종이라 할 수 있었다.

"매번 말하지만 속구에 집착할 필요 없어요. 오히려 힘 빠지면 체인지업은 더 잘 들어가잖아요. 결국 중요한 건 현재 내 상태를 파악하고, 그거에 맞춰서 타자를 속이는 거죠."

현재 양키스의 선발진을 그대로 가져다 둔 호화 군단.

100마일을 던진다는 이유 하나만으로 그곳에 합류하게 된 델린 베탄시스는 요즘 매일매일이 신기했다.

"그래그래, 또 그 말 하려고? 지피지기면 백전불태? 이제 귀에 딱지 앉겠다."

익숙하다는 듯 완벽한 발음으로 지피지기면 백전불태라는 문구를 한국어로 소리 내는 이반 노바나.

"그만큼 중요하니까요. 그리고 게리, 넌 포수라는 놈이 아직도 투수 상태 하나 제대로 파악 못 하면 되냐? 매일 여기서 지지고 볶는데?"

"아오! 우리 할머니도 이렇겐 안 한다! 캐시, 어제 얘랑 싸웠어요? 오늘 날 잡았나?"

"아뇨? 근데 보스턴 레드삭스한테 졌으면 이 정도는 약과 아닐까요?"

"어휴······"

4타수 2안타의 맹타를 휘둘렀음에도 핀잔을 듣는 게리 산체스, 그걸 당연하다는 듯 동조하는 양키스 광팬 고문의도 신선했지만.

"그럼 복기는 이쯤 하고. 내일 얘기를 좀 해 볼까?"

도저히 1년 차라고는 생각할 수 없는 모습으로 이 모든 걸 주재하는 남자, 김신의 모습은 정말 입이 떡 벌어질 정도였다.

'이래서 그런 성적을 쓰는 건가······?'

마치 수면 위에선 고고하고 아리따운 백조가 수면 아래에선 쉼 없이 발을 놀리는 것처럼.

지난 템파베이와의 원정 1차전에서 완봉승을 거두며 시즌 9번째 완봉을 기록.

두 자릿수 완봉승을 코앞에 둔, 명실상부한 아메리칸리그 사이 영 1순위 후보자의 이면에 델린 베탄시스는 오늘도 고개를 저었다.

"클루버 선배, 요즘 커브가 좋아요. 확실히 팔을 좀 내리고 던져 본 효과가 있는 거 같은데, 내일 경기에선 좀 더 비중을 높여 보는 건 어떠세요?"

"음."

그리고 다음 날.

뻐엉—!

[코리 클루버—! 벌써 10번째 삼진!! 오늘 커브가 기가 막히게 꽂힙니다!]

무표정으로 고개만 끄덕였던 코리 클루버가 김신의 말대로 커브의 비중을 높여 호성적을 작성하는 걸 바라보며.

델린 베탄시스는 생각했다.

'반드시……'

어떻게 해서든지 김신의 모임에 붙어 있겠다고.

불펜도 불사하면서까지 메이저에 올라온 행운이 찾아온 거라고.

그러기 위해서.

부우웅-!

"스트라이크!"

두 눈에 불을 켜고 코리 클루버의 투구를 지켜보았다.


　-베탄시스 씨의 커브와 클루버 선배의 커브가 상당히 흡
사해요. 둘 다 슬라이더성을 가진 커브라는 거죠. 교보재가
바로 옆에 있는데 참고 안 할 이유가 있나요?


김신이 해 준 조언을 곱씹으면서.

뻐엉-!


⬭


2012년 9월 8일 저녁 7시.

메이저리그에서 가장 오래된 구장, 펜웨이 파크에서 열리
는 뉴욕 양키스와 보스턴 레드삭스의 3연전 마지막 경기.

구름 같은 관중이 37,755석을 가득 메우고 있었다.

물론 양키스와 레드삭스의 경기가 대부분 그렇지만, 오늘
경기는 더욱 특별했으니까.

"어디서부터 시작됐을까~ 난 알 수가 없어~."

지난 1, 2차전을 1승 1패씩 사이좋게 나눠 가지고, 시리즈
를 누가 가져갈 것인가가 결정되는 경기라서?

아니.

"하지만 난 알아. 우린 더 강해지고 있다는 것을!"

26경기 197이닝 16실점, ERA 0.73이라는 세상에 다시없을 성적을 기록하고 있는 빌어먹을 뉴욕 양키스의 에이스가 등판하는 경기라서?

그 개자식이 보스턴 레드삭스를 제물로 두 자릿수 완봉과 3연속 완봉을 달성하는 걸 두고 볼 수 없어서?

그건 조금 영향이 있긴 했지만, 아니.

"봄이었고, 봄이 가고 여름이 왔지~."

그것은 바로, 뉴욕 양키스가 시즌을 한 달이나 남겨 놓고 지구 우승을 안방에서 확정 짓는 꼴을 좌시할 수 없었기 때문이다.

"누가 알았을까. 네가 나타날 거라고~."

1위 뉴욕 양키스 96승 42패.

2위 템파베이 레이스 74승 65패.

3위 볼티모어 오리올스 73승 65패.

4위 토론토 블루제이스 63승 76패.

5위 보스턴 레드삭스 62승 76패.

오늘 경기를 치르면 시즌 종료까지 23경기가 남은 상황.

낮 경기였던 템파베이 레이스와 텍사스 레인저스의 경기에서 템파베이 레이스가 패하면서.

지금 이 경기를 양키스가 가져가면 나머지 팀이 전승하고 양키스가 전패하더라도 지구 공동 우승까지는 확정이 되는 구도였던 것이다.

물론 아무리 드라마틱한 스포츠인 야구라 해도 그런 일은 벌어질 수가 없고.

설령 벌어진다 해도 단판 게임인 타이브레이커에서 리그 최강의 선발이라는 치트키를 가진 양키스가 그 투수에게 퍼펙트를 헌납한 템파베이에 패할 가능성은 극히 희박하다.

그러므로.

"손길! 어루만지는 그 손길!"

때로는 레드삭스 선수들에 대한 응원으로, 때로는 질책으로, 때로는 양키스 놈들에 대한 야유로.

어떻게 해서든지 그 꼴을 보지 않고, 역으로 무패의 투수라는 개자식이 무너지기를 소망하며.

그 장관을 두 눈으로 똑똑히 확인하기 위해.

보스턴 레드삭스의 팬들은 경기 시작 전부터 자신들의 응원가를 열성적으로 불러 젖혔다.

"Bap Bap Bah—!"

그리고 그들의 열망은 충분한 실현 가능성을 가지고 있었다.

마치 레드삭스 팬들의 염원이 하늘에 닿은 것처럼, 경기 시작 두 시간 전에 갑작스런 소나기가 쏟아져 내렸으니까.

"So good, So good, So gooooood!"

메이저리그에서 가장 오래된 구장이라는 칭호에 걸맞게, 펜웨이 파크의 시설은 여러모로 낙후돼 있었다.

그중 하나.

수차례 진행되었던 리모델링으로도 해결할 수 없었던 문제.

비.

물기를 머금은 그라운드는 자신과 인사하고 떠나가는 공을 더욱 빠르게, 날카롭게 만든다.

일천한 경기 경험을 가진, 우천 후 경기라곤 한 번도 치러 보지 못한 김신과 2루와 3루에 루키가 자리한 양키스가 과연 제 실력을 보일 수 있을까?

1년에 절반 이상을 펜웨이 파크에서 치르는 보스턴 레드삭스 선수들보다 잘 대처해 낼 수 있을까?

아니.

상식적으로 말이 안 된다.

"박살 내 버려-!"

"당장 짐 싸서 뉴욕으로 꺼져!"

그러나 레드삭스 팬들의 목소리로 가득 찬 경기장 한구석.

오늘은 양키스 팬으로 좌석에 앉은 양키스 고문 의사는 그렇게 생각하지 않았다.

'미쳤나 봐. 하여간 더러운 빨간 양말 놈들.'

김신을 비롯한 양키스가 평소보다 좀 못할 수는 있다.

하지만 그렇다고 현재의 보스턴에게 질 정도는 절대 아니라고.

캐서린 아르민은 확신했다.

'착각은 자유라더니.'

성적 부진으로, 금액이 맞지 않아서, 부상으로…….

팀의 주축을 이루던 선수들이 나가떨어진 현재의 보스턴은 지구 꼴찌가 어울리는 그런 팀이었으니까.

보스턴을 격파하고 지구 우승을 확정하는 양키스의 모습을 감상하기 위해서.

그 경기가 바로 사랑하는 연인이 선발 출장하는 경기가 될 것 같아서.

휴가까지 쓰고 배도 일찌감치 든든히 채운 금발 미녀는 가소롭다는 듯 혀를 차며 다리를 꼬았다.

그리고 지금쯤 한창 김신이 준비 중일 불펜을 바라보며, 캐서린의 두 눈이 반짝이는 순간.

[웰컴 투 메이저리그!]

경기가 시작되자마자.

콰앙-!

보스턴 레드삭스 선수들만큼, 아니, 어쩌면 그들 대다수보다 더욱 펜웨이 파크가 익숙한 사나이.

"흥."

[데릭 지터-!]

양키스의 캡틴이 펜웨이 파크에 찬물을 끼얹었다.

"굿 샷, 캡틴-! 보스턴 촌놈들아, 봤냐!"

본색을 드러낸 캐서린의 외침과 함께.

따악-!

따악-!

경기가 계속됐다.

1회 말.

홈팀 보스턴 레드삭스의 공격 턴.

그러나 근래 계속된 부진과 1회부터 4실점을 할 만큼 너덜너덜하게 얻어맞고 추가로 홈팬들의 야유까지 한껏 받아 먹은 보스턴 레드삭스 선수들의 눈은 벌써부터 침체돼 있었다.

"아직 1회다! 충분히 역전할 수 있어! 홈팬들에게 좋은 모습을 보여 줘야지!"

보스턴의 심장이라 불리는 더스틴 페드로이아를 필두로 몇몇 베테랑들이 분위기를 북돋자 그제야 조금씩 눈빛들이 살아났지만.

"렛츠 고-! 레드삭스!"

멀리서 보기만 해도 어떤 상황인지 훤히 보여서, 김신은 씁쓸한 기분에 모자를 눌러썼다.

'옛날 생각나는군.'

양키스도 저랬다.

게리 산체스를 비롯한 베테랑들은 팀을 위해 헌신했고.

김신을 포함한 다른 선수들 또한 혼신의 힘을 다했다.

그럼에도 불구하고.

질 팀은 지고, 내려갈 팀은 내려간다는 우스갯소리를 극복할 수가 없었다.

'Sympathy(동정, 연민)의 어원이 Sym(함께)과 Path(고통)라는 그리스어라 했던가.'

고통을 아는 사람일수록, 그 고통을 처절하게 겪어 본 사람일수록.

타인의 고통에 쉽사리 공감하고, 동정하고 연민하는 법.

허나 지금의 보스턴 레드삭스 선수들보다 더한 고통을 겪었던 김신은 충분히 공감했으되.

동정하고 연민하진 않았다.

[나우 배팅. 넘버 2. 자코비 엘스버리!]

적을 연민해 시범 경기 때부터 구축해 온 천적 관계를 공고히 할 기회를 놓친다는 선택지는 야구선수 김신의 사전에 없었으니까.

'습도가 높으면…… 타구가 제대로 뻗질 않지.'

언제나 통곡의 벽이었던 그린 몬스터를 등지고.

92번을 단 핀스트라이프가.

공중전은 못 해 봤지만, 산전수전에는 모두 능했던 전천후 투수가 힘차게 다리를 들어 올렸다.

[김신 선수, 와인드 업!]

뻐엉-!

마치 한 편의 시를 읽고 난 감상이 백인백색으로 다른 것처럼.

인생을 살다 보면 환경이든 격언이든 현상이든 아무리 같은 것일지라도 받아들이는 사람의 처지에 따라 다르게 적용되는 경우가 자주 있다.

예를 들자면 함박눈이 펑펑 내리는 화이트 크리스마스라고 가정해 보자.

아이들은 신이 나서 눈밭 위를 뛰어다니고, 연인들은 행복한 새해와 사랑을 꿈꾸며 밀어를 속삭일 것이다.

하지만 몇 걸음 떨어진 곳에 있는 군인들은 어떨까?

"×발, 또 하늘에서 쓰레기가 내리네."

"제설 장비 꺼내러 갑니까?"

그 눈을 치울 생각에 진절머리를 칠 것이다.

뉴욕 양키스와 보스턴 레드삭스의 3차전이 바로 그러했다.

갑작스러운 소나기가 내렸다는 천시(天時)도.

메이저리그에서 가장 오래된 구장이라는 지리(地利)도 같았지만.

리그 최강의 팀과 리그 꼴찌 팀은 인화(人和)가 너무나 달랐다.

따악─!

[브렛 가드너! 이 타구가 내야를 관통합니다! 2루 주자 3루 돌아서 홈으로! 홈에서 여유 있게 세이프입니다. 그사이 1루 주자는 2루에서 세이프! 또다시 1사 1, 2루! 레드삭스의 위기는 계속됩니다!]

자코비 엘스버리와 더스틴 페드로이아를 제외하면 네임드라고는 찾아보기 힘든 조촐한 라인업.

우열을 가리기 어려울 만큼 기대보다 훨씬 부진한 투수진.

2020년대 중반 왕조를 건설하기 전, 암흑기 속에 있는 보스턴 레드삭스에게 비는 바운드 타구의 속도를 빠르게 하는 악재였으며.

펜웨이 파크의 넓은 외야와 좌측 담장에 높다랗게 솟은 그린 몬스터는 2루타를 양산하는 주범이었다.

하지만 뉴욕 양키스에게는 달랐다.

따악─!

[게리 산체스─! 우측 담장을 부숴 버립니다! 7-0! 게리 산체스의 솔로 홈런으로 다시금 점수 차를 벌리는 뉴욕 양키스!]

[펜웨이 파크가 침묵에 빠지는군요. 보스턴 레드삭스, 홈팬들을 위해

서라도 힘을 내야 합니다!]

데릭 지터-브렛 가드너-추신서-커티스 그랜더슨-조시 도널드슨-게리 산체스-마크 테세이라-매니 마차도-스즈키 이치로.

한눈에 봐도 거를 곳이 없는 막강한 타선을 보유한 데다.

뻐엉-!

[삼진! 이번 경기 벌써 7개째 삼진을 잡는 김신 선수! 3회를 가뿐하게 마무리합니다!]

공이 그라운드를 밟지 못하게 만드는 투수가 마운드에 서 있는 뉴욕 양키스에게, 비는 안타성 플라이볼이 멀리 뻗지 못하게 만들어 주는 호재였고.

그린 몬스터라는 높은 좌측 담장은 깜짝 홈런까지 억제해 주는 든든한 울타리였다.

－3회인데 타순이 벌써 두 바퀴 가까이 돈 경기가 있다?

－ㅋㅋㅋㅋㅋㅋㅋㅋ 진짜 골고루도 쳤다.

－응, 테세이라는 아니야~. 와중에 부진한 거 보소 ㅋㅋㅋㅋㅋ 미치겠다, 진짜.

－우리가 미치면 보스턴 촌놈들은 칼 물고 다이빙해야지 ㅋㅋㅋㅋ.

－인정. 우리 홈구장 언제 이전했냐?

－이럴 때 보면 콜드게임이 있긴 있어야 됨. 이거 잔인해서 어떻

게 보냐. 호러도 이런 호러가 없네.


양키스 팬 커뮤니티에서 쉴 새 없이 웃음이 터져 나오는
것도 당연지사.

그러나 5회 말.

뻐엉-!

한없이 가벼운 마음으로 웃고 떠들던 양키스 팬들이 침묵
하기 시작했다.


◉


올스타전 같은 이벤트성 경기가 아니라면, 본디 김신의 게
임 플랜은 '승리만이 언제나 옳다'라는 전제 위에서 세워진
다.

약물이나 이물질, 기타 부정적인 방법이 아니라면 승리를
위해서는 어떤 수단과 방법을 동원해도 부끄러울 게 없다는
입장인 것이다.

이기는 놈이 장땡이니까.

그렇기에 때로는 파워 피처가 되어 구위로 타자를 윽박지
르고.

때로는 피네스 피처가 되어 제구력으로 타자를 요리하며.

때로는 치사해 보이는 심리전까지 마다치 않는 것이다.

하지만 그건 메이저리거로서의, 팀의 일원이자 프로 야구 선수로서의 김신이고.

그 전. 무선 이어폰으로 경기 중계를 들으며 답답함에 가슴을 치고, 그걸 피칭으로 승화시키던 김신이란 개인에게는 분명히 성향이란 것이 있었다.

[아, 이 공이 빠집니다! 볼넷! 밀어내기 볼넷이 나왔습니다! 한국, 이런 플레이는 좋지 않아요! 안타 하나 맞지 않았는데 실점이라뇨!]

[투수가 스트라이크를 못 던지고 있어요. 스트라이크가 들어가지 않는데 어떻게 이닝을 끝내나요. 지금은 맞더라도 존 안에 공을 찔러 넣어야 합니다!]

'답답해서 내가 던진다'를 몸으로 실천하던 김신이란 인간의 본래 성향은.

'왜 못 던지는 거야? 이렇게……!'

뻐엉-!

'하면 되잖아!'

'스트라이크를 던져라. 홈플레이트는 움직이지 않는다.'라는 사첼 페이지의 명언을 그 누구보다 신봉하는 파워 피처였다.

그런 김신에게 데릭 지터의 리드오프 홈런을 시작으로 등판 전부터 득점 지원이 주어진 데다.

보스턴 레드삭스 타선의 빈약함, 펜웨이 파크의 넓은 외야와 그린 몬스터, 습도가 높은 공기 질 등이 밥상까지 깔아 주었으니.

'한 방 맞기 전까지는 노빠꾸 정면 승부로 간다.'

그가 부담 없이 던지고 싶은 공을 마음껏 던지는 건 어찌 보면 이상할 것 없는 일이었다.

물론 그렇다고 해서 올스타전에서 보여 줬던 것처럼 포심 일변도로 승부하는 건 아니었다.

그저, 투 볼 이상을 허용하지 않았을 뿐.

그리고 그것이, 아이러니하게도 이번 시즌 가장 좋은 결과를 낳고 있었다.

부우웅—!

"스트라이크아웃!"

김신 본인도 놀랄 정도로.

5회 말 투아웃.

김신이 보스턴 레드삭스 5번 타자 코디 로스를 업슛으로 돌려세우는 순간, 해설진의 감탄이 터져 나왔다.

[스윙 앤 어 미스! 삼진! 또다시 삼진입니다! 도대체 이게 몇 번째 삼진이죠?]

[열두 개쨉니다. 아직 5회인데 열두 개라니, 말도 안 되는 페이스를 쓰고 있어요!]

[14개의 아웃 카운트를 잡았는데 그중 12개가 삼진이면…… 이거 대기록의 조짐이 보이는데요? 한 경기 최다 탈삼진이 21개 아니었던가요? 1962년에 워싱턴에서 뛰던 톰 체니 선수가 연장 16회에서 기록했던 걸

로 알고 있는데요. 9이닝으로 치면 로캣맨과 케리 우드, 빅 유닛의 20개
가 최다고요]

[그렇습니다. 물론 지금으로써는 김신 선수가 완투할지도 모르는 일
이고, 많은 이닝이 남긴 했지만…… 충분히 가능성이 보이는 상황입니
다. 정말 놀랍습니다. 이 선수의 끝이 어디인지 알 수가 없어요!]

그것뿐만이 아니었다.


─미쳤다 ㄷㄷㄷㄷㄷ;; 도대체 데뷔하자마자 기록 몇 개를 갈아치
우는 거지?

─쯧쯧, 아는 만큼 보인다더니. 지금 삼진만 중요한 거 같냐? 5회
말 투아웃인데 6번 타자야. 이게 뭔 말인지 몰라?

─쉿. 몰라서 얘기 안 하는 거 아니다.


14명의 타자를 상대하면서 12개의 삼진을 잡고 1루를 한
번도 허용하지 않은 완벽 그 이상의 투구.

김신이 보여 주는 환상적인 퍼포먼스에 양키스 팬들은 가
슴이 떨려 키보드조차 제대로 두드릴 수 없었다.


─그거…… 아무도 두 번 한 사람은 없었지? 심장 떨려서 못 보
겠네;;

─없었다. 아직 좀 설레발이긴 한데…… 아니, ×발 그냥 개쩐다.

─표정 하나 안 변하는 거 봐라. 역대급 투수의 탄생이다, 진짜.

—몰입해서 상황 모르는 게 아닐까? 그럴 만하잖아.

한국도 더하면 더했지 덜하지 않았다.

[아아! 우리 한국의 자랑 김신 선수가 또다시 세계를 놀라게 할 피칭을 보여 주고 있습니다! 정말 대단합니다!]

김신의 잔여 전 경기를 전미 중계하기로 결정한 버드 셀릭 메이저리그 커미셔너의 판단에 발맞추어.

물 들어올 때 노 젓자는 마인드로 무리해 가며 아이돌이나 인기 아나운서를 기용하는 등, 특급 중계진을 구성하기 위해 노력하던 MBS SPORTS+.

[박천후 선수, 메이저리그 선배로서 감회가 남다를 것 같은데 한 말씀 부탁드립니다. 지금 김신 선수 정도면 어떤 수준인 건가요?]

중계나 똑바로 하라고 욕을 먹던 그들이 2012시즌, 아직 한화 이글스에서 뛰던 현역 야구 선수이자 한국의 레전드, 박천후를 기어코 섭외하는 데에 성공한 것이었다.

[제가 LA에서 뛸 때를 기준으로 한다면 그렉 매덕스나 랜디 존슨, 로저 클레멘스급 투구를 보여 주고 있다고 생각합니다. 아니, 오히려 그들 이상. 말하자면 현재 메이저리그 최고라 할 수 있습니다. 참으로 장합니다. 이런 선수들이 많이 나와 줘야 한국 야구가 발전하는 거예요. 제가 어렸을 땐 말이죠…….]

심지어 경기 시간은 한국 기준으로 일요일 오전 8시.

MBS SPORTS+ 원병훈 국장의 입가가 더 이상 올라갈 수 없을 데까지 찢어졌다.

　[그라운드에 제가 양키스에 있을 때 함께 뛰던 선수들이 보이네요. 데릭 지터, 마크 테세이라, 커티스 그랜더슨, 브렛 가드너…… 모두 그리운 얼굴들이군요. 특히 좌익수 자리에 있는 브렛 가드너 선수 같은 경우엔 아주 재미있는 일화가 있는데 말입니다…….]

　숨겨 왔던 투 머치 토커 기질을 마음껏 발휘하며 한순간이 나마 그라운드에서의 부진을 잊어 가는 박천후.

　그의 목소리가 울리는 각각 가정에서는, 아버지들이 오랜만에 리모컨 주도권을 잡기 위해 고군분투했다.

　"잠깐만. 이것만 본다니까? 정말 중요한 경기야."

　"그게 민아보다 더 중요해?"

　"아니, 그런 말이 아니잖……."

　그리고.

　터억-!

　김신이 게리 산체스가 건네주는 공을 받아 드는 순간.

　한일 양국이 침묵에 빠져들었다.

　몰입해서 현재 상황을 모르는 게 아니냐는 어떤 팬의 예상 과는 달리, 김신은 명확히 자신의 상태를 인지하고 있었다.

　'기록이란 게 이래서 신기하단 말이야.'

원인으로 꼽을 만한 건 많았다.

라이벌리가 형성돼 있는 팀과의 경기, 그것도 팀의 지구 우승이 걸려 있는 경기가 전국 중계되는 상황이기도 했고.

캐서린이 최초로 원정 경기까지 따라와 응원해 주는 상황이기도 했으며.

그 외에도 여러 가지 상황이 그에게 마음 놓고 던질 수 있도록 조성되었다.

하지만 그렇다고 하더라도.

전국 중계가 시작된 지지난 경기 이후부터 그의 컨디션은 항상 최고조에 달해 있었으며.

오늘같이 초반부터 득점 지원을 받아 마음껏 던진 경기도 두어 번은 더 있었다.

그런데 하필이면 오늘 이런 페이스가 되다니.

'이거 참……'

관심 종자 중에서도 특급 관심 종자라는 게리 산체스의 말을 부인할 수가 없지 않은가.

'게리한테 뭐라고 할 게 못되네.'

자조적으로 웃으며 게리 산체스와 사인을 나눈 후.

김신이 왼손을 휘둘렀다.

[김신 선수 초구!]

뻐엉-!

"으억!"

"스트라이크!"

출루를 위해서라면 몸에 맞는 공도 불사하겠다는 듯 배터 박스 가까이에 붙었던 보스턴 레드삭스의 포수, 제로드 살타라마치아를 그라운드에 드러눕게 만들면서도.

홈플레이트 앞에서 휘어져 스트라이크존 한복판을 파고드는 프론트도어 슬라이더.

[이런 상황에서도 정말 과감하군요. 제로드 살타라마치아 선수가 눈치채기만 했다면 바로 장타로 연결될 만한 공이었어요!]

황급히 일어나 눈에 불을 켜고 다시 배터 박스에 바짝 붙는 제로드 살타라마치아를 향해, 김신이 다시 선택을 강요했다.

"흐읍-!"

김신의 손에서 뻗어 나온 흰색 선이 스트라이크존 한복판으로 길게 이어졌다.

부우웅-!

"스트라이크!"

[다시 한번 슬라이더! 이번엔 중앙에서 바깥쪽으로 빠져나가는 절묘한 코스입니다!]

[여러 번 말씀드리지만 좌타자 입장에선 정말 욕 나오는 공입니다. 자비가 없네요, 자비가.]

투 스트라이크 노 볼.

슬라이더만으로 두 개의 카운트를 잡은 김신이 호쾌하게

와인드업하고.

그의 손에서 초미의 관심을 모으는 공이 쏘아졌다.

다시 한번 스트라이크존 한복판을 향해.

그리고.

따악—!

할 수 있다

"……다는 소식 전해 드리면서, 중계 마치겠습니다. 지금
까지 해설에 박천후, 저는 캐스터 한명진이었습니다. 감사합
니다."

"감사합니다."

경기가 끝나고, 녹화를 의미하던 카메라의 빨간 불이 사라
진 뒤.

박천후는 그제야 긴 한숨을 내쉬었다.

"후우……."

동시에, 자신의 몸이 땀으로 흠뻑 젖어 있음을.

얼마나 그 상태로 있던 건지, 꽉 쥐어진 두 주먹에 경련이
일어날 지경임을 깨달았다.

'정말…… 손에 땀을 쥐는 경기였어.'

진부한 표현이긴 하지만 손에 땀을 쥐는 경기라는 말 말고는 표현할 수가 없는 경기.

그걸 선수가 아닌, 해설로서 바라본 박천후의 머릿속에 복잡한 상념이 깃들 찰나.

"고생하셨습니다."

"아, 예. 고생하셨습니다."

오늘 중계를 함께한 캐스터 한명진의 인사와 함께 그는 현실로 돌아왔다.

그러고서야 인식되는 스튜디오의 모습은 그야말로 흥분의 도가니였다.

"시청률 나왔어?"

"예! 여기 있습니다! 대박입니다!"

"어우! 김신, 이 복덩이 자식!"

메이저리그 중계권 계약을 추진한 원병훈 국장이 웃다 쓰러질 만한 시청률에 피디를 위시한 주요 제작진은 경악을 금치 못하고 있었고.

"와…… 미쳤다. 나 소름 돋은 거 보여?"

"나도 마찬가지야."

공적으로는 방송 스태프이지만 사적으론 야구팬이 분명할 방송국 직원들은 감탄 섞인 사담을 나누고 있었다.

"이게 지금 정확히 얼마나 대단한 거야?"

"음…… 네가 좋아하는 축구로 설명하자면 박주성 선수가 EPL에서 득점왕, 그것도 리그 우승이 걸린 경기에서 역대 최다 골로 득점왕을 확정 지은 거지. 개인이 드리블로 창출해서. 발롱도르에도 마지막 이응 받침만 남겨 놓은 거고."

"그래? 두 개 중 하나는 실패한 거라며."

"야!"

야구를 잘 모르는 듯한 여사원에게 김신의 대단함을 역설하는 남사원의 목소리를 한 귀로 흘리며, 박천후는 자리에서 일어났다.

그리고 대기실로 향하는 그의 귓가에 웅성거리는 소리들은 발을 디디지 못했다.

박천후에게 그런 정보를 받아들일 여유는 없었으니까.

'김신…….'

물론 대단하다는 것은 알고 있었다.

그 누구보다 같은 선발 투수로서 메이저리그라는 가혹한 무대를 경험하고 돌아온 그가 제일 잘 알았다.

그러나 처음으로 그의 경기를 시작부터 끝까지 주시하면서…… 아니, 한계까지 몰입했던 그 경기가 끝난 후부터.

박천후에게 밀려들어 온 해일과 같은 감정은 김신의 대단함뿐만이 아니었다.

거의 다 소진되어 잔재만 남은 줄 알았던, 이제는 정리하고자 했던 불길이 자신의 가슴속에서 다시금 타오르기 시작했음을.

박천후는 명확히 인지할 수 있었다.

끼익.

마침내 대기실에 들어서서야, 가슴께로 올라간 박천후의 손이 심장 부위를 꾸욱 눌렀다.

'선생은 어디에나 있다더니…….'

아직 현역인 그가 MBS SPORTS+의 말도 안 되는 섭외 요청에 응한 이유는 두 가지였다.

하나는 구단과 동반하여 이루어지는 무례한 요구의 반복에 화가 나서.

나머지 하나는 이제 KBO에서조차 통하지 않는 자신의 공에 화가 나서였다.

아니, 그럼에도 그가 거절하기만 해도 되었을 섭외 요청에 응한 건 어쩌면 화가 난 게 아니라.

본능적으로 이제 공이 아닌 다른 걸 손에 쥐어야 한다는 것을 느낀 걸지도 몰랐다.

그런데 그런 자리에서 이런 감상을 받을 줄이야.

꽈악-!

박천후의 시선이 꽉 쥐어진 자신의 오른손으로 향했다.

"아직 더 할 수 있을까."

언젠가 김신과 같은 강속구를 뿌리고, 김신이 방금 전까지 서 있던 마운드에서 같은 팀을 호령했던 손이 보였다.

그 흔들리는 시선 속에, 펜웨이 파크가 펼쳐졌다.

김신이 찬란히 빛나던 5회 말, 그 순간이.

⊘

따악-!

청아한 타격음과 함께 펜웨이 파크의 모든 눈과 귀가 홈플레이트로 집중될 찰나.

시간이 멈춘 듯한 그 장면 안에서 유이(唯二)하게 움직인 것이 있었다.

첫 번째는 쏜살같이 3유간으로 날아가는 공.

두 번째는 피칭 후 떨어지는 왼발을 디딤 발로 삼아 날아오른 남자였다.

엄지 모양이 하나 더 있는 그 남자의 특이한 글러브 속으로.

유이한 물체 중 하나가 빨려 들어갔다.

뻐엉-!

쿠웅-!

두 가지 소리가 순차적으로 들려오고, 정지된 시간이 흘러가기 시작했을 때.

[김신-! 언빌리버블! 언빌리버블 플레이!]

펜웨이 파크가 진동했다.

"우와아아아아-!"

"김신! 김신! 김신!"

레드삭스 팬 또한 감히 야유를 보낼 수 없는 아름다운 캐치.

정신을 차리고 달려가 그라운드에 엎어진 김신의 상태를 확인한 데릭 지터가 모두의 심경을 대변했다.

"넌 진짜 미친놈이야."

"무슨 말씀을 그렇게 하십니까? 섭섭하게……."

아무것도 아니라는 듯 태연히 일어나 유니폼에 묻은 흙을 털어 내고.

할 일을 끝냈다는 듯 더그아웃으로 걸어 들어가는 등번호 92번의 모습에 모두가 고개를 저을 무렵.

'휘유, 아무리 그래도 한복판은 오버였나?'

김신은 속으로 안도의 한숨을 불어 내쉬고 있었다.

천운으로 그의 글러브에 걸리긴 했지만, 빠졌으면 기록 하나를 무참히 부숴 버릴 뻔한 타구였으니까.

그러나 팀이 공격 준비를 하는 동안 땀에 전 이너웨어를 갈아입으면서, 김신의 뇌리는 순식간에 그 장면에서 감정을 지워 버렸다.

남은 것은 오직 치밀한 분석뿐.

'조금만 진정하자.'

하지만 스스로 되뇌며 냉정의 비중을 높였음에도.

김신의 두뇌는 오늘 경기 첫 등판할 때와 똑같은 목소리를 냈다.

'게임 플랜은…… 그대로 간다.'

이미 8-0의 리드를 잡은 양키스의 승리가 90% 이상 확정적인, 개인의 기록만 신경 쓰면 될 상황에서의 '노빠꾸' 정면 승부.

상식적으로 이해하기 어려운, 누군가 들었다면 냉정히 분석한 게 맞냐고 고개를 갸웃했을 만한 결정이었지만.

이미 수많은 실패의 경험을 축적한 김신의 머리는 이게 맞다고 외치고 있었다.

'괜히 바꿨다가 한두 번 망해 봤어야지.'

고지가 눈앞에 있으면 사람은 흥분하게 마련이다.

특히 대전 게임이나 대부분의 구기 종목처럼 자신이 아닌 다른 누군가와 대결하여, 그것도 반복적으로 같거나 비슷한 상대와 겨뤄서 과실을 쟁취해야 하는 종목의 경우는 더하다.

그러니 결승선을 눈앞에 둔 순간 신중하게 지금까지 써 왔던 '승리 공식'의 변화에 대해 고민하는 건 어찌 보면 그럴 수 있는 일이다.

상대가 파훼법이나 카운터를 준비해 뒀을 것 같으니까.

하지만 과연 그게 꼭 긍정적인 변화를 불러올까?

아니, 전혀 그렇지 않다.

승리 공식은 왜 승리 공식이며, 성명절기는 왜 성명절기이고, 시그니처는 왜 시그니처인가.

오늘 보스턴 레드삭스의 타자들은 왜 정면 승부하는 김신에게 짓눌려 있는가.

'지금대로도 충분해.'

물론 자신과 상대에 대한 분석 없이 우격다짐으로 하나만 고집하는 건 패착이다.

그러므로 한 걸음을 남겨 둔 자가 취해야 할 자세는.

최대한 스스로를 가라앉힌 상태, 상황에 따라 유연하게 대처할 수 있는 준비가 된 상태에서.

여기까지 온 스스로에 대한 자신감을 가지고, 지금까지 자신을 이끌어 준 장점을 다시금 뽐내는 것.

"후우……."

김신의 마음이 명경지수와 같이 가라앉았다.

그리고.

뻐엉-!

"아웃!"

주심의 아웃 콜과 함께.

사이 영을 받는 순간에도 언제나 다시 한번을 외쳤던.

그 어떤 상이건 기록이건 간에 육체가 허락하는 한 절대로 만족하지 못할 사상 최강의 욕심쟁이가.

자리에서 일어섰다.

[스리아웃. 점수는 여전히 8-0. 6회 말, 레드삭스의 공격으로 이어지

겠습니다.]

6회 말, 보스턴 레드삭스의 타순은 7번 타자 다니엘 나바부터였다.

특이한 점이라곤 스위치히터라는 것뿐인, 2점대 초반의 타율을 가진 흔한 AAA급 타자.

심각한 모습으로 타격을 준비하는 다니엘 나바에 대해 읊는 대신, 해설진들의 목소리가 김신의 5회 말 마지막 공에 집중됐다.

[비록 하이라이트로 남을 법한 환상적인 수비 장면이 나왔습니다만, 사실 그 전에 던진 포심이 좋았냐 하면 아니었거든요.]

[네. 한복판에 완전히 몰렸죠. 실투인지 아니면 바로 그 전, 한복판에서 빠져나가는 슬라이더를 던질 때부터 의도한 공인지는 모르겠습니다만, 확실히 위험하긴 했습니다.]

[그렇습니다. 아마도 오늘 김신 선수가 들고 나온 피칭 전략과 관계가 있는 것 같은데요. 쉬는 시간 동안 저한테 들어온 이 분석 자료를 보니, 확실히 유인구 비중이 적고 대부분의 공이 존 안을 공략하고 있습니다.]

[요즘 몇몇 경기에서 김신 선수가 보여 주는 또 다른 모습이죠. 공격 일변도의 극단적인 파워 피칭.]

[네, 그것도 정리돼 있습니다. 지난 9월 3일 템파베이전이나 8월 22

일 화이트삭스전에서도 이런 스타일의 피칭을 했군요. 8월 12일 토론토전에서도요. 공통점은 오늘처럼 초반부터 점수 차가 크게 벌어진 경기였다는 건데…… 과연 6회에도 같은 모습을 보여 줄까요?]

[아닐 거라고 봅니다. 이제는 정말 '그것'과 '또 다른 그것'이 가시권에 들어왔거든요.]

해설자가 당연하다는 듯 결론을 짓자마자, 김신의 왼손에서 이번 경기 76번째 공이 튀어나왔다.

부우웅–!

"스트라이크!"

몸 쪽 낮은 코스의 보더라인에 절묘하게 걸치며, 다니엘 나바의 방망이를 외면하는 101마일짜리 포심 패스트볼.

거기까지는 해설진의 생각이 맞는 듯 보였으나.

뻐엉–!

"스트라이크!"

2구는 물론이거니와.

부우웅–!

"아웃!"

3구까지 똑같은 코스로 틀어박혔을 때, 해설자와 중계를 들으며 그의 말에 동의했던 팬들 모두 알 수 있었다.

그들의 생각이 틀렸다는 것을.

그리고 반대로 김신은 자신이 맞다는 것을 온몸으로 증명하기 시작했다.

뻐엉-!

"아웃!"

좌타자인 8번 지명타자 스콧 포드세드닉을 바깥쪽 포심, 바깥쪽 체인지업, 몸 쪽 포심의 정석적인 볼 배합으로 잡아낸 데 이어.

뻐엉-!

"아웃!"

우타자인 9번 타자 호세 이글레시아스에게는 언더핸드를 꺼내 들어.

몸 쪽 포심 두 개와 몸 쪽에서 꼬리를 흔든 뒤 결국 바깥쪽 스트라이크존에 걸치는 프리즈비 슬라이더로 또다시 삼진.

세 명의 타자를 모두 삼구삼진으로 돌려세우는 무결점 이닝을 기록하면서도.

단 하나의 공도 존 밖으로 빠져나가지 않는 광전사와 같은 피칭을 보인 것이다.

마운드에 오연히 서서 보란 듯이 주변을 빙 둘러보는 그 모습에.

9개의 공을 받아 낸 포수, 게리 산체스가 고개를 저었다.

"또×이 새끼, 이러면서 나한테 뭐라고?"

기록이 가장 많이 깨어지는 시간.

세 번째 타순을 맞이한 7회에도 마찬가지였다.

[나우 배팅. 넘버 2! 자코비 엘스버리!]

자코비 엘스버리.

2년 뒤, 2014시즌.

양키스에게 7년 1억 5천 300만 달러의 빅딜을 선사받고도 최악의 성적을 기록할 먹튀에게는.

'네깟 놈한테 2번이 어디 가당키나 하냐!'

포심-포심-포심의 더욱더 화끈한 피칭으로 화답했고.

따악-!

[먹힌 타구! 유격수 데릭 지터가 가볍게 처리합니다.]

2번 타자 페드로 시리아코는 체인지업 한 방으로 깔끔하게 정리했다.

7회 말 투 아웃. 87구를 던져 16개의 탈삼진.

남은 아웃카운트는 7개.

1루를 밟은 타자, 0명.

"Oh my god……."

"What the fuck!"

보스턴 레드삭스 팬 대다수가 자신도 모르게 머리를 감싸쥐었다.

그러나 일부는 타석에 들어서는 남자를 향해 목소리를 높였으니.

"너만은 믿는다!"

"제발 안타 하나라도 쳐 줘!"

그들의 염원을 오롯이 받아들이며.

[나우 배팅, 넘버 15! 더스틴- 페드로이아-!]

보스턴의 심장이 양키스의 괴물과 마주했다.

🌀

심장.

생명의 원천인 혈액을 전신으로 펌핑해 주는, 인간을 포함한 대부분의 고등 동물에게 없어서는 안 될 필수적인 장기.

현대적인 의술이 발달하기 전부터, 언제나 가장 중요한 부위로 여겨지던 생명의 중심.

어떤 팀이나 조직에서, 누군가를 그런 심장에 비유한다는 건 그 사람이 대체 불가능한 존재이며.

그가 없이는 팀이나 조직도 무너진다는 걸 의미한다.

그게 과연 비단 기량만 뛰어나다고 해서 가능하겠는가.

당연히 아니다.

마땅히 팀의 심장이라 불리는 존재는 기량은 물론이거니와, 인성 또는 리더십이라 대표되는 내면적인 가치까지 두루 갖춘 걸물이어야 했다.

어려운 상황에서도 팀원들에게 희망과 의지를 불러일으키고.

승승장구하는 중에도 팀원들에게 경각심을 심어 주며.

언제나 팀을 위해 헌신하는, 누구나 존경할 수밖에 없는 남자.

더스틴 페드로이아가 바로 그러했다.

[나우 배팅. 넘버 15! 더스틴- 페드로이아-!]

장내 아나운서의 호명과 천지가 진동하는 듯한 팬들의 응원을 따라 타석에 들어서면서.

현재 경기장에서 가장 뜨거운 남자는 어느새 외야에 비치되기 시작한 K 카드를 일별하고 헬멧을 눌러썼다.

그러나 이미 눈에 박혀 버린 숫자는 사라지지 않았으니.

더스틴 페드로이아가 쓸쓸한 미소로 그 숫자를 뇌까렸다.

"16개……."

시범 경기에서 처음 만날 때부터 남다르다고는 생각했다.

아무렴.

재수는 없지만 강함만큼은 인정할 수밖에 없는 악의 제국 양키스의 1, 2선발보다 돋보이는 루키였으니까.

또한 확신했다.

녀석이 절정의 기량에 오르면, 보스턴 레드삭스의 큰 걸림돌이 되겠다고.

하지만 그 시간이 이렇게 빠를 줄은 꿈에도 예측하지 못했다.

'올해일 줄이야.'

데뷔전 퍼펙트, 두 자릿수를 바라보는 완봉 수, 1점 이하라는 말도 안 되는 ERA, 더욱 기함하게 되는 세부 지표.

그리고 오늘도 또다시 새로운 기록을 세워 나가고 있는 남자, 김신.

아메리칸 리그의 압도적인 사이 영 배당 1순위를 확인하기 위해, 더스틴 페드로이아는 고개를 들었다.

그리고 문득, 그와 비슷한 임팩트를 보여 줬던 보스턴 레드삭스의 전설을 떠올리며 피식 웃었다.

'외계인 선배를 상대할 때, 놈들이 이랬을까.'

경기와는 상관없는 실없는 생각이었지만, 순간 더스틴 페드로이아의 뇌리를 스친 그 생각은 그의 정신 무장에 막대한 도움이 되었다.

'그래, 놈들도 페드로 마르티네즈와 맞섰다.'

인간이 아닐 거라며 외계인이라 불렸던 투수를 상대로.

그 투수의 최전성기에 스리핏이라는 위업을 달성한 팀이 바로 뉴욕 양키스였다.

뉴욕 양키스가 했는데, 보스턴 레드삭스라고 못할쏘냐.

아니, 무조건 할 수 있다.

그걸 후배들에게도 알려 줘야 했다.

[김신 선수, 초구!]

뻐엉-!

[시원한 하이 패스트볼! 초구 스트라이크를 잡는 김신 선수입니다!]

62승 76패.

아무리 다수의 부상자와 이탈자가 생겼다 해도, 양키스와

아메리칸 리그 동부 지구를 양분하는 빅 클럽, 보스턴 레드삭스의 성적이라고는 믿기 어려운 참혹한 기록.

하지만 더스틴 페드로이아에게 그것보다 더욱 보기 힘든 건 침체돼 있는 팀원들이었다.

뻐엉-!

[몸 쪽 낮은 코스! 살짝 빗겨 납니다. 더스틴 페드로이아 선수가 잘 참았습니다.]

알려 주고 싶었다.

못할 수도 있다고. 매일 봄만 있을 수가 없는 게, 여름도 있고 가을도 있고 겨울도 있는 게 세상이라고.

그러니 겨울을 잘 견뎌서 다시 봄을 불러와 보자고.

그러려면 가슴 깊은 곳에 꽂혀 있는 깃발을 더욱 드높이 치켜들어야 한다고.

뻐엉-!

"스트라이크!"

[3구는 바깥쪽 스트라이크! 2–1 카운트가 됩니다!]

[정석적인 몸 쪽 다음 바깥쪽이지만 그게 다 보더라인에 걸치니 상당히 까다롭죠.]

보여 주고 싶었다.

마운드에 선 투수가 아무리 완벽해 보여도 같은 인간이고, 놈을 충분히 두들겨 낼 역량이 보스턴 레드삭스에 있다는 걸.

앞으로 수도 없이 만날 이 남자를 두려워해선 안 된다는 걸.

따악-!

[파울! 커브를 건드리는 더스틴 페드로이아.]

[잘 커트했어요. 스트라이크존에 걸치는 공이었습니다. 오늘 김신 선수의 변화구가 존 밖으로 잘 나가지 않는다는 걸 염두에 둔 타격인 거 같네요.]

[하지만 카운트는 여전히 불리합니다. 과연 더스틴 페드로이아, 홈팬들의 바람을 들어 줄 수 있을지!]

소리 치고 싶었다.

승리가 요원하더라도 좌절해선 안 된다고.

분해서 눈물 흘릴지라도 결코 마음까지 꺾여서는 안 된다고.

따악-!

[다시 한번 커트! 끈질기게 물고 늘어지는 더스틴 페드로이아!]

두 번의 커트가 불쾌한지 살짝 들리는 김신의 눈썹이 시야에 들어온 순간.

더스틴 페드로이아에게 영감(靈感)이 찾아왔다.

'그러고 보니…… 오늘 나한테 좌완으로 던지는 건 처음이군.'

벌써 두 타석이나 우완 언더핸드로 상대했던 타자에게 팔을 바꿔 좌완으로 승부.

새삼스러울 것 없는 일이었지만, 더스틴 페드로이아의 머릿속에 김신과의 첫 승부가 스쳐 지나갔다.

그리고 그 기억과 오늘 김신의 공격적인 투구 패턴이 합쳐
졌다.

남은 것은, 어떤 공의 선명한 궤적.

[투수 와인드업!]

허공으로 높게 치솟는 키킹.

호쾌하게 쭉 뻗는 스트라이드.

귀 뒤에 숨겨 뒀다가 번개같이 뽑아 드는 팔.

그림같이 아름다운 투구 폼 안에서, 그가 보았던 공이 튀
어나왔다.

앞서 봐 온 공들과 완전히 같아 보였지만, 더스틴 페드로
이아는 알 수 있었다.

3월의 시범 경기, 더스틴 페드로이아가 김신에게서 가장
처음 봤던 공.

헛스윙으로 끝났던 그 공이라는 것을.

이 흰색 선이 믿기지 않게도, 조금 솟아오른다는 것을.

따악-!

보스턴의 심장이 두 번째 기회를 놓치지 않았다.

맞는 순간 알 수 있었다.

이건 넘어갔다고.

[좌측! 큽니다! 좌측 담장! 좌측 담장! 좌측 담장…… 넘어……갑니다! 더스틴 페드로이아의 솔로 홈런! 그린 몬스터를 훌쩍 넘어가는 큼지막한 홈런입니다!]

[아름다운 아치네요. 더스틴 페드로이아 선수가 레드삭스 팬들에게 아주 큰 선물을 줍니다.]

[레드삭스의 캡틴이 양키스 에이스의 퍼펙트를 깨뜨리며 반격의 봉화를 올립니다!]

폭탄이 터진 것같이 진동하는 펜웨이 파크의 마운드 뒤.

고개조차 돌리지 않은 채 더스틴 페드로이아를 바라보는 김신의 뒤편.

양키스의 캡틴, 데릭 지터가 걸음을 옮겼다.

저벅- 저벅-.

무려 퍼펙트라는 대기록을 날려 버린 투수의 멘탈을 케어해 주기 위해서.

퍼펙트가 깨진 후 멘탈이 흔들린 투수가 연거푸 안타를 얻어맞는 꼴은 지금까지 몇 번이고 보아 왔다.

상식적으로 지금 속이 뒤집히는 게 정상이긴 하지만, 그러면 남은 기록도 날아갈 판.

단도리를 할 필요가 있었다.

그러나 천천한 걸음으로 마운드에 다가서면서, 데릭 지터는 그런 상식적인 사고가 아닌 다른 생각 한 조각을 품었다.

시즌 초, 알버트 푸홀스에게 첫 홈런을 맞았던 때 김신이 보였던 반응을 떠올리며.

'설마?'

그리고 옆에 서서 바라본 김신은, 역시나 자신이 상식적인 인물이 아니라는 걸 온몸으로 표출하고 있었다.

좌절, 실망, 혼란 등으로 가득해야 할 투수의 몸에서 뿜어지는 명백히 궤가 다른 감정에 어이가 없어진 데릭 지터가 5회 말과 같은 문구를 입에 담았다.

"넌 진짜 미친놈이야."

말도 안 되긴 하지만 첫 홈런이야 백번 양보해서 그럴 수도 있다 치자.

그런데 이번에도 같은 반응인 건…… 정말 상식 외였다.

정신 감정이라도 해 보고 싶다는 듯 자신을 바라봐 오는 데릭 지터의 모습에 표정을 푼 김신이 어깨를 으쓱였다.

"왜 또 그러십니까, 아까도 그러시더니."

능숙하게 가면을 쓴다.

하지만 그게 좌절과 실망을 감추기 위한 가면은 아니다.

'어떻게 이럴 수 있지? 이젠 좀 무섭군.'

혀를 내두른 데릭 지터는 벤치로 간단한 사인을 보내며 등을 돌렸다.

"됐다. 남은 경기 마무리 잘하자."

데릭 지터가 떠난 마운드.

이제는 무수한 하이파이브 요청을 받으며 더그아웃으로

들어가는 더스틴 페드로이아의 뒷모습을 잠시간 더 응시하던 김신은 혀를 차며 로진백을 집어 들었다.

'쯧, 운이 나빴어.'

잘 던진 공이었다.

웬만한 타자는 건드릴 수도 없는 그런 공.

지금의 게임 플랜을 견지하지 않았더라도 그가 결정구로 썼을 만한 공.

그런데도 이런 결과가 나온 건, 더스틴 페드로이아의 능력도 능력이지만 역시 야구의 신이 그의 손을 들어 줬다고 할 수 있다……라고.

김신은 거기서 생각을 정리했다.

'어쩔 수 없지.'

그런 사람들이 있다.

과거에 얽매여 미래의 손해를 자초하는 사람들이.

오늘 시험 결과에 신경 쓰다가 내일 시험을 망치는 바보들이.

물론 과거를 완전히 떨쳐 버리는 건 어려운 일이다.

하지만 아직 바꿀 수 있는, 쓰이지 않은 시험지에 집중하는 게, 할 수만 있다면 훨씬 합리적인 행동이 아닌가.

학창 시절에, 그리고 지난 생 양키스에서.

'분석은 나중에. 일단은 다음 타자에 집중한다.'

그런 걸 이미 충분히 습득한 합리화의 달인이 손가락에 숨을 불어 넣었다.

[나우 배팅, 넘버 22. 제임스 로니!]

하지만 오늘 시험을 잘 못 봤으니, 내일은 기필코 100점을 맞겠다고 각오를 다지는 건 충분히 생산적인 행위.

김신의 각오가 듬뿍 담긴 공이 홈플레이트로 뻗어 나갔고.

뻐엉—!

"아웃!"

7회 말이 종료되었을 때.

펜웨이 파크에 걸린 K카드는 17개가 되어 있었다.

순식간에 8회 초, 8회 말, 9회 초가 흘러갔다.

양키스 타선은 할 일을 다 했다는 듯 침묵했고.

레드삭스 타선은 김신을 다시 넘어서지 못했다.

따라서 점수는 여전히 8-1.

평범한 경기였다면 '에이, 이제 끝났네.' 하고 경기장을 빠져나가거나 TV를 끌 만한 상황이었다.

그러나 여전히 7회 말과 같이 빌 생각을 안 하는 펜웨이 파크 관중석과 떨어질 생각을 하지 않는 시청률에 메이저리그 커미셔너 버드 셀릭이 크게 웃었다.

"하하. 어떤가, 롭. 내 말이 맞지? 이 녀석을 키워야 한다니까.”

지루한 경기를 손에 땀을 쥐는 경기로 만들어 주는 힘.

슈퍼스타의 파괴력이 적나라하게 드러나는 광경에 롭 만프레드가 고개를 끄덕였다.

“제가 딱히 반대하진 않았던 거 같은데요.”

“무슨 소린가. 처음엔 과하다고 딴지 걸었잖나.”

“……그땐 과했습니다.”

“그러니까 자네가 아니라 내가 커미셔너인 거야. 싹수를 봐야지, 싹수를.”

자신의 선택이 적중한 것이 적잖이 기쁜 듯, 연신 커피 잔을 든 손을 까딱이는 버드 셀릭.

그가 마침 잘됐다는 듯 롭 만프레드에게 제안했다.

“우리 내기라도 할까? 김신이 삼진 기록을 갱신하는가, 못하는가에 대해서. 난 ‘한다’는 데에 100달러 걸겠네.”

“그럼 저는 ‘못한다’는 데에 걸어야겠군요. 그래야 게임이 되니까요.”

“좋아. 좋아. 어디 한번 보자고. 우리 복덩이가 어디까지 날 기쁘게 해 줄지.”

버드 셀릭이 잔을 높이 들어올렸다.

“Cheers!”

흰색 머그 컵 뒤로, 19개의 K카드가 빛나는 펜웨이 파크를 향해.

삼진(三振, Strikeout).

투수가 세 개의 스트라이크를 던져 타자를 돌려세우고, 한 개의 아웃카운트를 획득하는 업적.

물론 투표에서 한 사람당 행사할 수 있는 표의 수가 하나로 동일하듯이.

공을 그라운드에 굴려 내야수의 도움으로 잡아내는 아웃카운트도.

공을 하늘에 띄워 외야수의 눈과 발과 손으로 확정 짓는 아웃카운트도.

포수의 어깨로 주자를 침묵시켜 획득하는 아웃카운트도.

삼진과 동일한 한 개의 아웃카운트임에는 틀림없다.

아니, 오히려 LA 다저스의 전설 샌디 쿠팩스가 '투수는 삼진이 아니라 아웃을 잡아서 승리한다'라고 했던 것처럼.

반드시 세 개의 공을 던져야 하는 삼진보다는 하나 또는 두 개의 공만으로도 아웃카운트를 올릴 수 있는 다른 방식들이 투구 수 측면에서 보면 더욱 경제적일 수 있다.

심지어 다른 방법들은 두 개의 아웃카운트를 한 번에 잡을 수 있는 가능성까지 내포하고 있으니 더더욱 삼진이 특별하다고 말하기 어렵다.

그러나 세이버 매트릭스가 발달하고, 함께 투수의 가치를 증명하던 승리의 의미가 퇴색된 현대에도.

삼진은 여전히 투수의 가치를 논할 때 첫 번째로 대두되는 화두이며, 세이버 매트릭션들조차 찬양해 마지않는 지표다.

왜 그럴까?

[9회 말, 보스턴 레드삭스의 타선은 9번 타자 호세 이글레시아스 선수부터 시작되겠습니다. 점수는 8–1. 양키스가 승리를 9할 이상 확정 지은 상황입니다만, 레드삭스 팬들은 연신 안타를 부르짖는군요.]

왜 양키스 팬들이 생명의 위협을 감수하면서까지 K카드를 부랴부랴 준비해 올리고, 레드삭스 팬들이 팀의 패배에도 아랑곳 않고 열띤 응원을 펼칠까?

왜 미국 전역에서 이 경기를 주목하고 있을까?

[그럴 만하죠. 레드삭스 팬이 안방에서 양키스의 에이스가 대기록을 달성하는 걸 어떻게 눈 뜨고 보겠습니까? 오히려 안타보다 땅볼 아웃이나 플라이아웃을 바라고 있을 수도 있습니다.]

[하하, 그렇습니다. 안타를 쳐도 아웃 카운트는 여전히 3개가 남으니까요.]

똑같은 아웃 카운트 하나일지라도, 투수가 오롯이 자신의 힘으로 타자를 제압하여 획득하는 아웃 카운트니까.

그 어떤 위기 상황에서도 간단히 탈출할 수 있는 만능 키니까.

그 이름에 낭만이 깃들어 있으니까.

삼진이란, 그런 것이니까.

[양키스 팬들은 역으로 인플레이 타구가 나와도 야수들이 놓쳐 주길 바라겠어요. 선수들도 일부러 놓쳐 주고 싶을 것 같습니다.]

[그러면 안 되죠. 기록의 가치를 스스로 해치는 행위입니다. 절대로 하면 안 될 일이죠. 막말로 스트라이크아웃 낫아웃을 이용하면 4삼진도 가능한데, 그런 일이 벌어졌다가는 앞으로 한 세기는 논란이 될 겁니다.]

[웃자고 한 얘깁니다, 웃자고. 설마 양키스에서 그런 짓을 하겠습니까?]

[말실수하신 겁니다. 의도치 않았더라도, 양키스에서 쉬운 공 하나 놓치면 이제 세세에 걸쳐 욕먹으실 수도 있습니다.]

[어이쿠, 저는 양키스에서 절대 실책이 나오지 않길 바라야겠군요.]

후끈 달아오른 경기장의 열기에 덩달아 신이 난 듯 만담을 나누던 해설진이 침을 꿀꺽 삼키고.

"Kim Will Rock You—!"

펜웨이 파크를 양키 스타디움처럼 만든 남자가 마운드에 섰다.

[K카드는 19개! 남은 아웃카운트는 3개! 1개면 최다 탈삼진 타이기록, 2개면 신기록이 가능한 상황. 김신 선수의 선택은…… 좌완입니다. 우타자인 호세 이글레시아스 선수를 상대로 좌완을 선택했네요.]

[충분히 구위로 찍어 누를 수 있다고 판단한 거 같습니다. 오늘뿐 아니라 호세 이글레시아스 선수의 김신 선수 상대 전적이 1할이 채 안 돼요.]

[그런 선수가 꽤 많지 않나요?]

버드 셀릭과 롭 만프레드의 100달러뿐 아니라 수많은 가장들의 돈이 걸린 공이.

　[김신 선수 초구!]

　18.44m를 날았다.

　따악―!

⊙

　동료가, 혹은 선후배가, 혹은 아주 친한 지인이 크나큰 성공을 눈앞에 두고 있다.

　그런데 거기에 찬물을 끼얹을 수 있는 기회가 나에게 찾아온다면 어떻게 해야 할까?

　어떤 선택을 내릴지는 차치하고서라도, 충분히 고민이 될 만한 상황이다.

　심지어 나만 눈감으면 되고, 누가 보더라도 의도적이라고는 생각할 수 없는 환경이라면 더욱 그렇다.

　따악―!

　[쳤습니다! 높이 뜹니다! 3루 쪽 파울 지역!]

　당신은 어떻게 하겠느냐고.

　보스턴 레드삭스의 9번 타자, 호세 이글레시아스의 타구가 조시 도널드슨과 게리 산체스에게 그리 물었다.

　[도널드슨, 산체스!]

　누구의 수비 위치라 말하기 애매한 곳인 3루와 홈플레이트 중간 지점으로 날아가는 타구.

훈련으로 새겨진 대로, 두 선수의 발이 움직였다.

그리고 타구가 던진 질문에 대한 두 사람의 대답은 같았다.

"마이 볼!"

"마이 볼!"

잠깐 눈감아서 한때의 기쁨을 취할 수는 있다.

하지만 그건 절대 오래가지 않는다.

오히려 눈감은 일에 대한 잔상이 뇌리에 남아, 오래도록 스스로를 괴롭힐 뿐.

[도널드슨, 산체스ㅡ!]

물론 1년 차 루키, 게리 산체스와 조시 도널드슨이 거기까지 생각한 건 아니었다.

그러나 데릭 지터라는 걸출한 캡틴과 김신이라는 불가사의한 동기가 함께하는 팀, 양키스에서 그들이 배운 것은.

고작 위닝 멘탈리티뿐만이 아니었다.

아무리 적이라도 부상을 입힐 만한 위험한 행위를 하지 않는다.

승리를 위해서라는 이유로 부정을 저지르지 않는다.

스스로를 끊임없이 갈고닦아 팀을 위해 헌신한다.

어려운 상황이 찾아와도 포기하지 않는다.

팬들이 주는 사랑에 성심껏 보답한다.

그들이 배운 것은, 언제나 야구에 최선을 다하게 만들어 주는 것.

바로 야구에 대한 존중이었다.

게리 산체스와 조시 도널드슨의 글러브가 동시에 뻗어졌다.

꽈앙-!

"오우!"

그리고 커다란 충돌음과 관중의 탄식이 연이어 울려 퍼진 다음 순간.

[두 선수, 거세게 부딪혔습니다! 공은, 공은 보이지 않고……]

팔 하나가 허공에 높이 들렸다.

"아웃!"

[게리 산체스! 그가 잡았습니다! 아웃! 아웃입니다!]

복잡한 생각은 잊고, 아웃을 잡아냈다는 것에 함박웃음을 지으며 조시 도널드슨을 일으켜 세운 게리 산체스.

조시 도널드슨과 주먹을 맞댄 뒤, '아, 맞다!' 하는 표정으로 마운드로 고개를 돌린 그를 향해.

"잘했다."

김신이 엄지를 치켜세웠다.

[제가 일전에 했던 우스갯소리를 양키스의 두 루키가 정면에서 부정

해 주는군요.]

　[아름다운 모습이었습니다! 이래서 양키스가 강한 거죠.]

　[맞습니다. 하지만 김신 선수의 기록 도전에 먹구름이 낀 것도 사실이죠. 자, 이제 1번 타자 자코비 엘스버리 선수가 올라옵니다.]

　9회 말 원아웃.

　타격 준비를 하는 자코비 엘스버리를 앞에 두고, 김신이 깊은숨을 뱉어 냈다.

　"후우⋯⋯."

　기록 앞에서, 그것도 메이저 140여 년 역사상 최고의 기록 앞에서 초연할 수 있는 야구 선수는 없는 법.

　아무리 김신이라도 마인드 컨트롤이 필요했으니까.

　하지만 그 시간은 결코 길지 않았다.

　[다시 왼손을 들어 올리는 김신 선수. 오늘 자코비 엘스버리 선수를 상대로는 좌완만 사용합니다.]

　다른 것도 아니고 양키스의 밝은 미래를 보았는데, 길게 마인드 컨트롤 할 것도 없는 데다.

　아직 두 개나 되는 기회가 남아 있지 않은가.

　'게리, 네가 후회하던 젊은 날은 이제 보기 어려울 것 같다.'

　홈플레이트 너머, 두터운 포수 마스크 안에 입술을 꽉 다물고 있는 게리 산체스와 그가 들고 있는 포수 미트를 응시하며.

김신이 힘차게 손을 휘둘렀다.

이제는 양키스의 미래에 더 이상 존재할 일 없는 남자를 향해.

뻐엉-!

"스트라이크!"

포심, 슬라이더, 커브, 체인지업.

마치 세상에 선보이기라도 하려는 것처럼, 김신이 가진 무기들이 도도하게 펼쳐지고.

"제발……!"

팬웨이 파크를 가득 메운 보스턴 레드삭스 팬들의 목소리가 무색하게, 김신의 발걸음이 전설적인 투수들 곁에 닿았다.

부우웅-!

"스트라이크아웃!"

[스윙 앤 어 미스! 20삼진! 김신! 역대 9이닝 최다 탈삼진 타이기록을 달성합니다! 로켓맨, 빅유닛, 케리 우드와 동일한 위치에 올라섭니다!]

[대단합니다. 기어코 해내네요!]

[9회 말 투아웃! 남은 아웃 카운트는 하나!]

아무리 미워도 인정할 수밖에 없는 업적에.

짝짝짝짝-!

일부 보스턴 팬들은 일어나 박수를 보내 줬고.

"아직 안 끝났어!"

또 다른 고집스러운 일부는 여전히 목소리를 높이는 혼란 속에서.

"어떻게 합니까, 감독님?"

"뭘 어떡해? 여기서 대타를 어떻게 내나! 그대로 가!"

보스턴 레드삭스의 명감독, 바비 발렌타인은 눈을 질끈 감으며 만지작거리던 카드를 내려놓았다.

[나우 배팅, 넘버 77. 페드로 시리아코.]

그런데.

그렇게 올라오게 된 보스턴 레드삭스의 2번 타자, 페드로 시리아코가.

이번 시즌 트리플A에서 간신히 올라온 타자가 또 한 번의 이변을 만들어 냈다.

따악-!

[3루 쪽! 3루수 키를…… 넘깁니다!]

게리 산체스와의 충돌에서 완전히 회복되지 못한 것인지 조시 도널드슨이 훌쩍 뻗은 팔이 공에 미치지 못하면서.

[브렛 가드너. 1루 송구! 1루에서…… 세이프! 세이프입니다!]

운명처럼, 어떤 만남이 다시 한번 성사됐다.

[설마 했는데 이게 이렇게 되네요! 더스틴 페드로이아! 보스턴의 캡틴이 다시 타석에 섭니다!]

양키스의 에이스와 레드삭스의 심장.

양키스의 미래와 레드삭스의 현재.

오늘 경기 대기록에 작성하고 있는 남자와 그 기록 중 하나를 이미 깨뜨린 남자.

'설마 했는데…….'

초월적인 존재가 깔아 준 듯한 판에, 김신이 피식 웃었다.

그리고 다음 순간, 또다시 그의 왼손이 하늘을 찔렀다.

[아!? 다시 좌완! 다시 좌완입니다! 오늘 김신 선수는 정말 물러서지 않네요!]

[바로 직전 타석에서 좌완으로 홈런을 맞았는데요. 배짱이라고 해야 할지, 고집이라고 해야 할지……. 굳이 좌완을 선택하는 이유를 모르겠군요.]

해설진의 의문을 뒤로하고.

신에게조차 대항하고자 다짐한 남자가 그림으로 그린 것 같이 똑같은 폼으로 다리를 들어 올렸다.

[김신 선수 와인드업! 세트포지션이 아닙니다! 그렇죠! 지금은 주자가 있어도 상관이 없죠!]

더스틴 페드로이아가 가장 처음 봤던 공.

이번 경기에서 홈런을 쳐 냈던 공.

그 공이, 다시 한번 햇빛 아래 맹렬하게 회전했다.

─아니, 왜 속 시원하게 말을 안 해 줘! 왜 그때 포심, 포심,

포심이었냐니까? 정말 다른 사람들 말처럼 배짱 투구 한 거야? 선수들 간의 정면 승부나, 뭐 그런 거!

"아니야. 이게 말로 설명하기엔 좀 많이 긴데……."

-천천히 얘기해도 되니까 해 줘.

"음, 일단 초구는 대기록이 걸려 있는 상황에서 더스틴 페드로이아 선수가…… 어! 지금 빨리 오라네. 끊는다. 이따 비행기 내려서 다시 전화할게!"

-칫, 나중에 꼭 제대로 설명해 줘야 해! 메이저리그 역사에 길이길이 남을……!

삑-!

캐서린의 집요한 질문에서 해방돼 버스에 오르는 김신을 익숙한 목소리들이 환영했다.

"호우! 우리 사상 최강의 투수 아니신가! 축하해!"

"벌써 댓글이 난리인데? 축하한다, 킴."

"캡틴이 너보고 미친놈이라던데. 동의하냐?"

각기 다른 축하 인사를 하나하나 받아넘기며, 자신의 자리에 착석한 김신.

그의 시선이 캐서린의 전화를 받기 전 살피던 기사로 향했다.

〈9이닝 21탈삼진! 역대급 투수가 역대급 기록을 달성하다!〉
〈양키스, 리그 우승 확정! 김신, 최다 탈삼진 기록 경신!〉

〈로저 클레멘스, "양키스 후배가 기록을 깨뜨려 기쁘다"〉

〈역대 최고의 신인! 김신의 미래는?〉

'약쟁이가 감히 누굴 평가해?'

가운데 함정이 하나 있긴 하지만, 대부분 그의 기분을 하늘 높이 띄워 주는 기사들.

한동안 소리 없이 웃으며 스마트폰을 바라보던 김신의 시선이 버스의 출발과 함께 어둡지만 맑은 가을 하늘로 향했다.

'이제 남은 건······.'

그리고 그 시각, 서울.

"해야지. 할 수 있어, 아직은 더."

어떤 결론을 내린 듯한 박천후의 눈동자가 양복 입은 그의 모습을 비추고 있는 거울에 못 박혔다.

21세기에 태어난 현대인은 평가의 시대에 살고 있다.

학교에서, 직장에서, 심지어 가정에서까지.

수우미양가, 9등급제, 학점제, 근무 평정, 인사고과 등 이름만 바뀌었을 뿐 평가는 지속해서 현대인의 삶 가장 가까운 곳에 있다.

마치 아랫배를 묵직하게 채우는 지방과 같이.

안 그래도 지치고 화가 나는 일인데, 미치고 팔짝 뛰게도 이 평가에는 명확한 기준 아래 행해지는 절대평가만 있는 것이 아니다.

작게는 엄마 친구 아들, 친구 남편과의 비교에서부터 크게는 문학, 예술, 올림픽 등에 이르기까지.

피시험자 간의 상대적인 우열을 가리는 상대평가는 인간 사회와 떼려야 뗄 수 없는 사이다.

그런 상대평가의 가장 큰 특징은 평가 주체가 같은 사람이라는 거다.

그 말인즉슨 아무리 객관화하려 노력해도 객관화되지 않는 부분이 있을 수밖에 없다는 소리고.

비슷한 성적을 거두었더라도 강렬한 임팩트를 가지고 있는 사람이 평가에서 유의미한 우위를 가지게 된다는 뜻이다.

그런데 누구와도 비교되지 않는 퍼포먼스를 보였으면서도, 임팩트 또한 따라올 사람이 없다?

말해 봐야 입 아픈 일 아니겠는가.

김신이 바로 그런 경우였다.

〈김신, 최다 탈삼진 기록 경신으로 사실상 사이 영 확정!〉

더스틴 페드로이아의 홈런으로 연속 완봉 기록은 멈추었고.

그 누구도 이루지 못했던 두 번째 퍼펙트게임이라는 위업은 거머쥐지 못했지만.

객관적인 지표에서도, 단기적인 임팩트에서도 김신이라는 투수가 범접 불가한 영역에 있다는 건 자명한 사실이었다.

기자단 투표라는 상대평가로 수상자가 정해지는 사이 영상에, 두 달 전부터 김신의 이름이 새겨졌다.


 -솔직히 누가 김신 제치고 사이 영을 받음? 말도 안 되지 ㅋㅋㅋㅋㅋㅋ

 -말도 안 되는 건 김신 성적임. 100년이 지나도 이런 기록이 다시 나올까?

 -몇 경기 남았지? 지금부터 강 안 나와도 될 거 같은데.


비단 양키스 팬뿐 아니라 메이저리그 전 구단 팬들의 찬양이 미국 팬 커뮤니티를 물들였다.

아니, 물들이다 못해 자제하자는 이야기가 흘러나왔다.


 -이제 김신 얘기 그만하자. 헐겠다. 헐겠어.

 -맞아. 천상계는 저 위에 두고, 인간계 얘기를 하자. NL 사이 영은 누가 받을까? 디키? 커쇼?

 -아무래도 커쇼 아닐까?

-무슨 소리. 디키가 유력하지. 임팩트가 다르잖아, 임팩트가.

-임팩트는 커쇼도 뒤지지 않는데?

-응. 다 김신 선에서 정리~.


그러나 그건 미국 팬 커뮤니티뿐.


[김신 미국 반응.jpg]

-이거 봐라. 한국인이라는 데 가슴이 웅장해진다.


미국 팬들의 반응까지 수입해 올 정도로, 한국은 그야말로 김신이라는 남자에게 미쳐 버렸다.


-주모오오오오!!

-양키들도 인정할 수밖에 없지. 아, 양키S라서 당연한가?

-이제부터 GG는 Good Game이 아니다. God Gim. God Gim 이다.

-Kim인데 뭔 소리야.

-지금 김신이 메이쟈 씹어 먹고 있는데 그게 중요하냐? 그냥 넘어가!

-쉬운 거 있잖아. Kim-God으로 통일하자. 金神. 쇠 금 자에 신 신 자. 음독도 똑같음.

아시아를 제외한 타 문화권에서 동양인이 가슴 깊이 인정받는 건 쉽지 않은 일이다.

상대평가와 마찬가지로, 인정이라는 건 주관적인 측면이 강하기 때문이다.

그런데 서양 여성들이 동양 남성을 가장 매력 없는 인종으로 뽑았다는 설문 조사가 우스갯소리처럼 돌아다닐 정도인 상황에서.

더군다나 스포츠계, 동양인은 객관적인 신체 능력이 떨어진다는 게 정설로 받아들여지고 있는 업계에서 정점으로 인정받는다?

Do you know Sin Kim?

한국 팬들이 열광하지 않는 게 오히려 이상한 일이었다.

그리고 신드롬을 넘어 광풍이 되어 가는 그 열광 위에, 누군가의 손길이 슬며시 얹어졌다.

〈WBC 미국 대표팀 감독으로 김신의 스승, 그렉 매덕스 내정! 스승과 제자의 대결 성사되나?〉

〈WBC 우승 위해선 김신의 합류가 반드시 필요해〉

〈반년 앞으로 다가온 WBC에 다시 점화된 병역 논란〉

대한민국이 세계 유일의 분단국가이기 때문에 존재하는 특별한 의무, 국방의 의무.

20대 남성들에게 그것은 지금까지 살아 온 인생 중 10%, 그것도 가장 찬란할 때를 희생해야 하는 크나큰 난관이다.

사회와 단절되고, 하고 있던 일은 중단되고, 자칫하면 인생을 꼬이게 할 부상을 입을 수도 있는 고난의 장인 것이다.

평범한 일반인 남성도 그러할진대, 20대 2년의 가치가 인생에서 가장 높은 사람들에겐 어떻겠는가.

더더욱 참담한 일인 게 당연하지 않겠는가.

그들 중 일부가 해외로 망명하고, 소중한 신체 부위를 훼손하고, 기타 상상도 못한 편법을 써 가면서까지.

다시는 대중 앞에 나서지 못할 수도 있는 위험 부담을 감수하고, 스스로의 자아에 타격을 입히면서까지 그 시간을 보존하기 위해 애를 쓰는 건 그러한 이유 때문이다.

당연히 해서는 안 되는 일이지만, 그걸 알면서도.

인생에서 가장 가치 있을지 모르는, 다시 돌아오지 않을 2년을 위하여.

그런데 세상엔 어쩌면 그 당사자들보다 더 민감한 사람들이 있다.

"좋아, 좋아."

대한민국의 수도 서울, 남산 타워가 내려다보이는 럭셔리한 호텔 방에서 그런 사람들 중 하나가 고개를 주억거렸다.

"이 정도면 선방이지."

풍성한 금발과 푸른 눈을 가진 전통적인 서구 미남.

계약 대상자의 승승장구가 본인의 막대한 이득으로 돌아오는 직종을 가진 남자.

에이전트 헤빈 디그라이언이었다.

김신의 삼진 기록 경신으로 촉발된 화제를 연결해, 여론을 호도한 남자가 자신의 생산물을 바라보며 웃었다.


〈반년 앞으로 다가온 WBC에 다시 점화된 병역 논란〉


선수의 가치를 A부터 Z까지 파악해야 하는 에이전트라는 직업의 특성상, 김신과의 계약서에 사인할 때부터 헤빈은 병역에 대해 고심해 왔다.

WBC는 2006년 이후 여론에 뭇매를 맞고 병역 혜택이 사라졌다.

올림픽은 2008년 대한민국의 우승 이후 야구라는 종목 자체가 제외되었다.

결국 남는 건 아시안게임 하나인데, 가장 가능성이 높은 루트인 건 맞지만 2014 인천 아시안게임에서 실패하면 문제가 심각해진다.

2018년까지 기다리기엔, 김신의 장기 계약에 크나큰 애로

사항이 생기는 것이다.

또한 그렇게 한 가지 루트에만 올인하는 건 절대 헤빈의

스타일이 아니었다.

'길이 없으면 만들면 되지.'

그리 생각한 헤빈은 WBC에 주목했다.

올림픽 위원회를 흔들기보다는 대한민국이라는 국가를,

이미 예외를 만들었던 쪽을 흔드는 게 쉽다고 판단했던 것

이다.

그리고 2002년, 2006년의 선례와 2012년 한국에서 김신이

얼마나 큰 신드롬을 일으키고 있는지에 대해 분석할수록, 헤

빈은 할 수 있다고 생각했다.

설령 실패해도 국가대표 승선을 통한 긍정적인 이미지 창

출 및 광고 등의 부산물이 따라오는 건 당연했으니 안 할 이

유가 없었다.

하지만 아무리 보라스 코퍼레이션이 언론플레이에 능하다

하더라도 대한민국 정도 되는 선진국, 그것도 주 활동 무대

가 아닌 선진국의 언론을 입맛대로 흔드는 건 불가능에 가까

운 일.

그래서 헤빈은 또 다른 조력자를 끌어들였다.

〈양키스, 김신의 국가 대표 차출에 관해 '아직은 논의할 단

계가 아니다.'며 난색 표해〉

　〈메이저리그 구단이 국가 대표 차출에 인색한 이유〉


　보라스 코퍼레이션에 비견되는 언론플레이의 달인이자 앞
으로 최소 4~5년간은 그와 마찬가지로 김신과 계약으로 묶
인 조직, 뉴욕 양키스.

　물론 평상시라면 엉덩이 무거운 구단 고위층이 한 개인을
위해 움직일 리는 없었지만.

　'킴이 워낙 잘해 줘야 말이지.'

　헤빈은 웃었다.

　보라스 코퍼레이션, 뉴욕 양키스, 대한민국을 모두 들썩거
리게 한.

　지금 1만km 너머 양키 스타디움에 앉아 있을 남자를 떠올
리며.


　─정말 쉽지 않은 결정이었습니다.


　그 얼굴 뒤로, 이미 다 이득을 계산해 놓고 하는 말임에도
어려운 결정이었음을 뻔뻔하게 어필하던 조력자의 얼굴을
그려지던 순간.

　우웅─!

　헤빈이 줄곧 쥐고 있던 스마트폰이 울음을 토해 냈다.

"이런 걸 한국 속담으로 호랑이도 제 말 하면 온다고 하던 가."

그것은 헤빈이 짜 놓은 플랜의 다음 스텝.

지금의 화제에 기름을 부을 남자의 연락처였다.

박천후 010-××××-××××

헤빈의 손가락이 천천히 스마트폰 패드를 눌렀다.

그 시각.

밖에서 어떤 일이 벌어지는지, 자신을 향해 어떤 관심과 의도들이 쏟아지고 있는지는 꿈에도 모르는 김신은 오랜만 에 돌아온 홈에서 경기 관전에 한창이었다.

토론토 블루제이스와의 1차전, 7회 초.

마운드에 올라온 델린 베탄시스의 모습을 김신의 날카로 운 눈초리가 쫓았다.

[양키스에 투수 교체가 있었습니다. 등번호 68번. 델린 베탄시스 선 수입니다. 9월 확장 로스터에 콜 업된 투수로, 이번 경기가 올 시즌 네 번째 등판입니다.]

[등판 때마다 제 역할을 충실히 해 주고 있는 선수죠. 100마일의 포심

이 일품인 선수로, 매니 마차도 선수와 함께 이번 확장 로스터로 올라온 선수들 중 가장 두각을 드러내고 있습니다.]

[그렇습니다. 말씀드리는 순간, 준비가 된 것 같군요. 첫 타자로 오마르 비스켈 선수와 상대합니다. 초구!]

4-1으로 앞선 데다 승계 주자도 없고, 상위 타선도 아닌 하위 타선을 상대하는 안정적인 상황.

델린 베탄시스가 자신 있게 던진 100마일의 속구가 미트를 꿰뚫었다.

뻐엉-!

"스트라이크!"

그러나 김신이 보고 싶었던 건 이미 경쟁력을 갖춘 포심이 아니라 경쟁력을 갖출 필요가 있는 공이었다.

김신의 마음속 목소리를 들었다는 것처럼, 바깥쪽으로 한 구를 뺀 델린 베탄시스가 제3구로 그 구종을 선택했다.

부우웅-!

"스트라이크!"

좌타자의 바깥쪽으로 향하는 듯하다가 몸 쪽 아래 대각선으로 떨어지는 슬러브.

[스윙 앤 어 미스! 2-1이 됩니다! 공격적으로 카운트를 잡아 나가는 델린 베탄시스!]

토론토의 7번 타자, 오마르 비스켈은 그 공에 방망이를 헛돌렸지만 김신의 눈초리에 만족감은 떠오르지 않았다.

'자세히 분석해 봐야 알겠지만…… 역시 좀 부족한 것 같은데.'

분명 코리 클루버를 벤치마킹하면서 조금 나아진 모습이 보이긴 했지만, 각도도 구위도 아직은 갈 길이 멀어 보였다.

델린 베탄시스가 원하는 포스트시즌 로스터에 엉덩이를 비비기에는.

'올 가을엔 같이 뛰기 힘들지도 모르겠어.'

조바 체임벌린, 라파엘 소리아노, 데이비드 로버트슨, 마리아노 리베라로 이어지는.

시즌 시작 전부터 팀의 최고 강점으로 평가받았던 데다, 이탈자조차 없이 전력을 유지하고 있는 양키스의 불펜.

더군다나 4선발 체제로 바뀌면서 5~6선발 자원이 새로 추가되는 양키스의 포스트시즌 불펜은 아직 델린 베탄시스에게 너무 높은 벽인 듯싶었다.

실력이 안 되면, 양키스에 도움이 되지 못한다면 로스터에서 빠져야 하는 건 아무리 델린 베탄시스라고 해도.

아니, 그 누구라고 해도 똑같았다.

'뭐, 어쩔 수 없지. 내년이 있으니까.'

그러나 델린 베탄시스에겐 아직 많은 시간이 남아 있는바.

뻐엉—!

"스트라이크아웃!"

오마르 비스켈을 삼진으로 돌려세우는 델린 베탄시스에게

서 김신은 대수롭지 않게 시선을 거뒀다.

그리고 김신의 사고는 자연스레 떠오른 더 중요한 쪽으로 흘러갔다.

그것은 바로.

'미스터 사바시아나 히로키는 복귀할 수 있으려나.'

그와 함께 포스트시즌을 이끌어 줄 베테랑들의 복귀 여부.

특히 그중에서도 C. C. 사바시아의 복귀는 양키스의 월드 시리즈 우승에 매우 중요한 쟁점이었다.

물론 경험 많은, 그 경험을 팀에 공유하고 분위기를 잡아 줄 베테랑이라는 것도 있지만.

'이대로는 우완이 너무 많아.'

김신을 제외한 나머지 선발진인 필 휴즈, 이반 노바, 코리 클루버는 물론이거니와 불펜진도 대부분 우완인 상황.

현재의 양키스에는 좌완 투수가 절실했기 때문이다.

'페티트는…… 원래와 똑같이 다쳤으니 아마 복귀하겠지.'

김신이 앤디 페티트의 복귀를 못 이기는 척 싫어하지 않을 정도로.

뻐엉-!

[경기 끝났습니다! 양키스의 수호신, 마리아노 리베라가 오늘도 뒷문을 깔끔하게 잠급니다! 5-3! 기세를 제압하는 뉴욕 양키스!]

하지만 경기가 양키스의 승리로 끝난 이후.

땀과 흙으로 젖은 유니폼을 갈아입기 위해 들어간 클럽하

우스.

'무소식이 희소식이라지만…… 아무래도 직접적으로 물어
봐야겠어.'

김신이 은근히 물어도 항상 얼버무리는 사바시아에게 단
도직입적인 연락을 결심했을 때.

"헤이 가이즈! 오랜만이야! 잘들 지냈어?"

"……?"

"사바시아 씨!"

"팔꿈치는 괜찮으세요!?"

반가운 목소리가 양키스 클럽하우스를 울렸다.

"오, 킴! 요즘 난리던데? 칭찬해, 아주 칭찬해."

그리고 그를 통해, 김신에게 바깥 사정이 전달되었다.

"아 참, 넌 알고 있었어? 그렉 매덕스 씨가 대표팀 감독 되
신 거 말이야."

"예? 그게 무슨 소립니까?"

안 그래도 커져 있던 김신의 동공이 더욱 드라마틱하게 확
장됐다.

안 그래도 시즌 종료 한 달 전에 지구 우승을 확정할 만큼
강력한 팀, 뉴욕 양키스.

그 호랑이의 등에 날개가 달렸다.


〈C. C. 사바시아 복귀! 반가운 얼굴들과의 해후!〉

〈앤디 페티트, 양키 스타디움에 모습 드러내. 복귀 초읽기?〉

〈두 베테랑의 복귀에 행복한 비명을 지르는 양키스!〉


두 명의 좌완 베테랑이 합류하면서, 양키스는 이제 걱정할 것 없다는 듯.

김신의 사이 영이 확정적인 것처럼 월드시리즈의 주인은 이미 양키스라는 듯 리그에 군림했다.

보스턴을 격파하고 지구 우승에 일찌감치 이름을 새기고 돌아온 홈에서의 6경기.

토론토 블루제이스, 템파베이 레이스와의 3연전을 모조리 승리로 장식한 것을 시작으로.

볼티모어 오리올스 원정 4연전 3승 1패.

오클랜드 애슬레틱스 원정 3연전 2승 1패.

전투에선 가끔 패배할지라도, 전쟁에선 결코 패하지 않는 행보를 이어 나갔다.

물론 김신은 전투에서조차 패하지 않았지만.


〈양키스, 템파베이 레이스전에서 5 : 3 승리! 김신은? 말해 뭐 해!〉

〈김신, 오늘도 승리, 또 승리! 볼티모어 오리올스와의 4차전에서 시즌 28승째 수확!〉

〈현실화되어 가는 불가능한 기록! 김신의 시즌 전승까지 남은 경기 수는?〉


비록 한 시즌이라지만 점차 G.O.A.T(The Greatest Of All Time) 소리를 듣기 시작한 에이스, 김신.

그 에이스를 필두로 C.C. 사바시아–앤디 페티트–필 휴즈–이반 노바–코리 클루버라는 완벽한 신구, 좌우 조화를 이룬 리그 수위의 선발진.

마리아노 리베라를 중심으로 방화를 저지른 지가 언제인지도 기억나지 않는 불펜진.

데릭 지터가 지휘하는, 지고 있어도 도저히 질 것 같지 않은 타격감을 뽐내는 타선.

그들이 모여 실제적으로 만들어 내는 역사적인 성적까지.

얼핏 생각하면 조 지라디 감독의 만면에 미소가 떠나지 않아야 하는 것이 정상이었으나.

2012년 9월 23일.

토론토 블루제이스와의 4연전 첫 경기에서 기분 좋은 승리를 수확해 낸 날 밤.

누구보다 걱정 없이 찬란한 미래만을 그리고 있어야 할 조 지라디 감독은 로저스 센터가 보이는 호텔 방에 홀로 앉아 미간을 좁히고 있었다.

"으음."

복귀한 지 얼마 안 된 C. C. 사바시아와 앤디 페티트의 퍼포먼스가 위태위태해서?

아니.

분명 지난 등판에서 사바시아와 페티트가 각각 4실점과 5실점으로 패배를 기록하긴 했지만, 세부 지표를 분석해 보면 점점 폼이 올라오고 있음이 명확했다.

그럼 무슨 이유 때문일까?

그것은 바로 1시즌에 162경기라는, 터프한 메이저리그 일정으로 인해 파생될 수밖에 없는 문제 때문이었다.

"지터와 리베라, 테세이라는 반드시 두 번 이상은 빼 줘야 하고……."

1시즌이라고 해도 실제 경기가 열리는 달은 4월부터 9월, 단 6개월뿐.

그동안 162경기를 치러야 한다는 말뜻은 결국 거의 매일 경기를 치러야 한다는 소리다.

추가적으로 쉬는 날도 비행기 안에 있어야 한다는 사실은 덤이고.

아무리 체력 소모가 적어 레저라고까지 불리는 야구지만, 단기적인 체력 소모는 적을지 몰라도 장기적인 피로 누적은 결코 적지 않은 종목이 또 야구다.

전 경기에 출장하는 선수는 극히 드문 것이 현실이며, 시즌 말까지 시즌 초의 퍼포먼스를 보일 수 있는 선수는 더욱 보기 어려운 게 진실인 것이다.

그런데 116승이라는 한 시즌 최다승 기록에 도전하고 있는 양키스로서는 백업 선수들을 이용한 로테이션을 충분히 돌릴 수 없었고.

"로버트슨, 소리아노, 가드너, 추……. 이 친구들도 쉽게 해 주는 게 맞긴 한데."

그 탓에 젊은 선수들은 몰라도 육체적 능력이 하락하기 시작한 베테랑들과 나이는 좀 젊더라도 혹사당한 몇몇 선수는 한계에 봉착해 있었다.

그나마 닉 스위셔, 제이슨 닉스가 받쳐 주고 매니 마차도나 조시 도널드슨 등 팔팔한 신인이 포진한 야수진이나 게리 산체스라는 걸출한 백업이 있는 포수진은 버틸 수 있다 할 만했지만.

아무리 델린 베탄시스가 짐을 덜어 주고 있다고 해도 매 경기 출전하다시피 하고 있는 불펜 필승조의 피로도는 위험한 수준이었다.

그저 압도적인 성적이 그걸 수면 아래로 눌러 주고 있을 뿐.

이대로 가다가 불의의 일격을 맞기라도 한다면, 자칫 공든 탑이 와르르 무너질 수도 있다고.

조 지라디 감독은 그렇게 생각했다.

하지만.

"역시나 뾰족한 수가 안 보이는군."

153경기를 치러 109승 44패.

남은 경기는 토론토 블루제이스와 3경기, 미네소타 트윈스 홈 3연전, 보스턴 레드삭스 홈 3연전의 9경기.

1패 이하로 끊으면 대기록이 작성되고, 2패는 타이기록, 3패 이상은 기록이 날아가는 상황에서.

어찌 쉽게 로테이션을 돌릴 수 있겠는가.

"쯧."

결국 오늘도 조 지라디 감독은 혀를 차며 어제와 동일한 결론을 내릴 수밖에 없었다.

"어쩔 수 없지. 일단 이번에는 지터와 리베라부터 빼 주는 수밖에."

꼭 필요한 선수에게만 최소한의 휴식을.

스윽- 스윽-.

그 기조 아래 힘겹게 내일의 라인업을 작성한 조 지라디 감독은 고개를 들고 흥건한 이마를 훔쳤다.

"후우⋯⋯."

그러나 곧바로 뉴욕 양키스 감독의 선택을 기다리는 두 번째 문제가 조 지라디를 덮쳐 왔으니.

우우웅-!

조용히 탁자 위에서 휴식을 취하던 스마트폰이 조 지라디에게 고했다.

-감독님, 아직입니까?

노크 소리가 환청처럼 들리는, 작가를 독촉하는 편집자와 같은 그 문구에 조 지라디 감독은 눈을 감으며 의자에 깊숙이 몸을 기댔다.

'델린 베탄시스, 분 로건, 클레이 라파다······.'

계륵(鷄肋)과 같이 그를 괴롭히고 있는 불펜 투수들의 이름이 어두운 시야 속에서 명멸했다.

그리고 다음 날.

뻐엉-!

"스트라이크-!"

감독의 걱정을 아는지 모르는지는 정확하지 않지만.

패배만큼은 모르는 투수가 또 한 번의 승리를 뉴욕에 선물했다.

〈김신, 이제 그에게 필요한 건 단 한 번의 승리뿐!〉

야구는 누적의 스포츠라 불린다.

그것은 야구가 그 어떤 스포츠보다 세세한 기록을 남기는 데 일가견이 있는 종목이기 때문인데.

그 기록을 바탕으로 드러나는, 한 개인이 긴 세월 동안 쌓아 올린 '숫자'는 보는 것만으로도 가슴을 뛰게 만드는 면이 있다.

칼 립켄 주니어의 2,632경기 연속 출장이나.

리키 핸더슨의 1,406도루.

놀란 라이언의 5,714삼진 등이 그것이다.

그러나 그렇다고 해서 야구에서 단기간의 임팩트가 빛이 바래는 건 절대 아니다.

오히려 기록의 보존이 잘돼 있기에, 짧은 시간의 임팩트 또한 충분한 스포트라이트를 받는다.

돈 라슨의 월드시리즈 퍼펙트는 반세기가 지나서도 가을마다 톱기사로 한 번쯤은 등장하며.

0점대 방어율을 유지하며 2021년 전반기의 아메리칸리그를 지배했던 제이콥 디그롬이나.

'닥터 K'라는 용어를 야구팬들의 상식으로 만든 1985년의 드와이트 구든은 '만약에' 이랬으면 어땠을까, 하는 망상의 단골 소재다.

그런데 그 '만약에' 중에서도 가장 말도 안 된다고 생각했던 '만약에'가 현실이 된다면 어떨까?

-이게 진짜 된다고? 정말로? 리얼리?

미국 시간으로 9월 24일 오후 11시경.

대한민국은 9월 25일 정오. 점심시간이라는 달콤한 휴식이 대부분의 야구팬에게 찾아왔을 무렵.

-실화냐? 한 경기 남았다고?

-닥쳐! 설레발 떨면 될 퍼펙트도 안 되는 거 몰라?

-응, 그딴 미신 안 믿고요~.

-한국인이라면 김신 응원하자 친구들아.

뉴욕 양키스가 토론토 블루제이스와의 2차전을 2-0으로 제압하면서.

설마설마했던 '만약에'.

김신의 시즌 전승, 세계 최고의 리그라는 MLB에서의 무패 시즌이 구부 능선을 넘었다.

-돌았다 진짜…….

-한국인이라서 햄복하다.

-가슴이 웅장해지네.

인간이란 완벽할 수 없기에 완벽을 동경하는 동물이다.

그렇기에 분야를 막론하고, 완벽을 성취한 자는 대대손손 추앙을 받는다.

23전 23승의 성웅 이순신이 그러했고.

2003년의 아스널이 그러했다.

야구라는 종목에서도 마찬가지다.

그러나 현재, 2012년까지 완벽을 성취한 자는 없었고.

김신이 돌아온 과거에서도 무패(無敗)란 딱 한 번만 존재했던 기록이다.

2013시즌, 28경기 212이닝 24승 무패의 성적을 기록한 남자.

다나카 마사히로만이 이뤄 냈던 위업.

비록 메이저리그가 아닌 NPB에서지만, 다나카 마사히로는 그 한 시즌만으로도 전설로 통했다.

그런데 단 한 경기만 이기면 그 전설적인 기록을, 메이저에서, 그것도 AA급이라며 폄하받는 한국에서 온 선수가 이뤄 낸다?

제아무리 자신에 대한 강력한 확신을 가진 사람이라도 평소와 같을 순 없는 게 정상이었으나.

"후우......"

김신은 격하게 뛰는 심장의 설렘을 내리눌렀다.

'아직 너무 이르지.'

구부 능선이라 함은 정상은 오르지 못한 것이고.

한 걸음이 남았다 함은 아직 결승선에 도달하지 못한 것.

김신은 두 눈으로 보았던, 고지의 코앞에서 무너지는 수많은 경우의 수를 떠올리며.

전반기를 전승으로 마무리했던, 못할 건 없다고 생각했던 그때처럼 손을 꽉 쥔 채 뇌까렸다.

"할 수 있다. 할 수 있다. 할 수 있다."

머지않은 미래, 올림픽에서 기적의 역전승을 일궈 낸 펜싱 선수가 입에 담았던 것과 같은 말을.

"할 수 있다."

게임이든 영화든 드라마든 캐서린과의 대화든.

현재 눈앞으로 다가온 것을 잠시간 회피할 수 있는 방법은 많았다.

그렇게 해서 금방 평소로 돌아갈 수 있다는 것도 알았고, 오늘의 등판으로 지친 몸이 그냥 쉬자고 속삭이는 것도 들렸다.

"할 수 있다."

하지만 그렇게 해서는 결국 문제가 해결되지 않는다는 것을 김신은 너무나 잘 알고 있었다.

또한 지금 그에게 필요한 게 극한의 자기 암시와 마인드 컨트롤을 통해, 눈앞에 서 있는 벽을 정확히 직시하는 거라는 것도.

"할 수 있다."

너무나 잘 알았다.

"할 수 있다."

김신의 입이 쉴 새 없이 움직였다.

그리고 잠시 후.

딸칵-.

김신이 머물던 호텔 방의 빛이 사라졌다.

그 어둠 속에서, 만족스러운 하얀 이가 드러났다.

그러나 다시 다음 날.

**-아쉽게 됐네. 널 위한 맞춤 전략을 준비해 뒀었는데.**

"그런 게 있다니 정말 궁금하네요. 감독 되신 거 숨기신 것보단 놀라운 전략이겠죠? 기대하겠습니다. 행여나 조별 예선에서 짐 싸지나 마세요."

오전에 발표된 WBC 조편성을 주제로 그렉 매덕스와 나눈 대화를 떠올리며 피식 웃음 짓던 김신의 눈앞에서.

따악-!

대포알 같은 타구가 날아올랐다.

[좌측 담장, 좌측 담장, 좌측…… 넘어갑니다!! 앤서니 고즈의 그랜드 슬램!! 이게 무슨 일입니까!! 분 로건 선수, 고개를 떨어뜨립니다! 토론토 블루제이스의 역전! 스코어는 7-6이 됩니다!]

커리어 내내 OPS가 7할을 넘은 적 없는 타자의 깜짝 만루 홈런과 함께.

[볼 게임 이즈 오버! 토론토 블루제이스가 앤서니 고즈의 시원한 역전 그랜드슬램으로 3차전을 가져갑니다!]

김신뿐 아니라 양키스에게도 반드시 승리해야만 하는 상황이 열렸다.

"끄응……."

조 지라디 감독의 고민이 깊어 갔다.

불안한 침묵

　베테랑의 가치는 터프한 상황에서 더욱 빛나는 법.

　더 이상의 패배는 용납할 수 없는 상황에 몰린 양키스의 선봉에 두 베테랑 좌완 투수가 섰다.

　뻐엉-!

　[스트라이크아웃! C.C. 사바시아! 마지막 타자를 삼진으로 잡아내면서 토론토 블루제이스에게 작별 인사를 보냅니다!]

　괴물 같은 회복력으로 한 달은 빨리 부상에서 복귀한 C.C. 사바시아는 두 경기 만에 원래의 페이스를 되찾았고.

　[C.C. 사바시아 선수가 오늘 경기 완투를 해 주면서 조 지라디 감독의 불펜 운용에 숨통이 좀 트였네요!]

　[그렇습니다. 자신이 왜 이닝이터라 불리는지 제대로 보여 준 경기였

습니다.]

타깃 필드에서 열린 미네소타 트윈스와의 원정 1차전에 등판한 앤디 페티트는.

따악-!

[유격수 정면! 데릭 지터 잡아서 1루로…… 아웃입니다! 벌써 3개째 병살! 오늘 트윈스 타자들이 싱커에 맥을 못 추네요.]

매 이닝 주자를 내보내면서도 절정의 위기관리 능력을 과시해 타선이 벌어다 준 점수를 지켜 냈다.

뻐엉-!

[볼 게임 이즈 오버! 뉴욕 양키스가 12-5 대승을 거두며 1차전을 제압합니다! 요즘 양키스가 1차전에서 패하는 경우를 거의 못 본 거 같아요?]

[저도 잘 기억이 안 나는군요. 확실히 시즌 최다승 기록을 노리는 팀답습니다.]

앤디 페티트의 7이닝 2실점 호투와 초반부터 폭발한 타선에 힘입은 뉴욕 양키스는 델린 베탄시스-코리 웨이드-저스틴 토마스라는 확장 로스터 불펜들만으로 경기를 매듭지으면서.

토론토 블루제이스와의 4차전부터 이동 일정까지 포함하면 3일에 달하는 달콤한 휴식을 불펜진에 선사할 수 있었고.

"으, 점퍼 입으니까 살 만하네. 여긴 진짜 너무 춥다."

경기 후반, 브렛 가드너를 필두로 주전들을 교체하면서 소소한 체력 관리에도 힘쓸 수 있었다.

당연히 그 정도로 시즌 내내 쌓인 피로가 다 풀릴 리는 없었지만 그래도 조 지라디 감독의 숨통을 두 숨은 틔워 주는 베테랑들의 활약이었다.

그러나.

툭-.

한결 풀린 조 지라디 감독의 표정이 마음에 들지 않는다는 듯.

투두두둑-!

9월의 마지막 날을 하루 앞둔 29일, 타깃 필드에 물방울이 쏟아졌다.

〈뉴욕 양키스 VS 미네소타 트윈스 2차전 우천으로 취소!〉
〈시즌 마지막 원정에서 더블헤더를 맞이한 뉴욕 양키스!〉

끊임없이.

통상 메이저리그에서는 빡빡한 일정을 고려하여 웬만한 제한 상황이 아닌 한 경기를 강행한다.

하지만 아무리 기다려도 비가 그치지 않거나, 폭동으로 경기장 출입이 불가능한 경우 등 어쩔 수 없는 천재지변 앞에서까지 경기를 진행할 수는 없는 일.

그럴 때 발동되는 룰이 바로 더블헤더다.

불가항력적인 천재지변으로 경기가 취소된 경우, 다음 날 두 경기를 연달아 치르는 규칙.

투수를 제외하면 다른 구기 종목에 비해 한 경기당 체력 소모가 유의미하게 적은 야구에서만 가능한 룰.

흔한 건 아니지만, 그렇다고 극히 드문 건 또 아닌.

메이저리거 생활을 하다 보면 한 시즌에 두어 번은 치르는 연례행사가 뉴욕 양키스와 조 지라디를 괴롭혀 왔다.

"끄응."

내일의 더블 헤더 이후 휴식 없이 곧바로 뉴욕으로 이동해서 보스턴 레드삭스와 시즌 마지막 3연전.

그 혹독한 일정 안에서 다시금 급격히 소모될 선수들의 체력도 문제였지만.

더블 헤더를 받아들일 수밖에 없게 만든 천재지변.

9월의 타깃 필드에 내린 비도 만만치 않은 적수였다.

"내일 기온이 61℉에 43℉이라……. 춥군, 너무 추워."

춥기로 유명한 미국 중북부 미니애폴리스에 위치한 데다 오대호의 영향까지 진하게 받는 미네소타 트윈스의 홈구장은.

봄, 가을만 되면 몰아치는 찬바람 덕분에 야구를 관람하기에 최악의 구장으로 손꼽히는 곳이었던 것이다.

우스갯소리로 미네소타 트윈스가 월드시리즈에 진출하면 그 해 월드시리즈는 혹한 시리즈가 될 거라는 말이 나돌 정도로.

그나마 낮에 열리는 첫 경기는 괜찮겠지만, 두 번째 경기는 그 칼바람을 정통으로 맞받아야 하는 상황.

추위로 선수들의 몸은 굳고, 습기와 바람으로 인해 수비의 난이도는 올라간다.

연속으로 두 경기를 치르는 선수들의 체력은 평소보다 떨어져 있다.

뉴욕 양키스는 반드시 이겨야만 한다.

세 가지 사실이 시사하는 바는.

"제발 부상자가 발생하지 않기를."

부상 위험이 극도로 올라간다는 것이다.

그리고 그건, 이제 다섯 경기만 더 치르면 시즌이 끝나는 미네소타와 달리, 가을야구에 참석해야 하는 양키스에겐 치명적인 소리였다.

하지만 그렇다고 해도 조 지라디 감독이 할 수 있는 일은 거의 없었다.

그가 할 수 있는 일이라고는 부상 소식이 들리지 않기를 바라는 것과.

"믿을 수밖에. 선수들과……."

그가 교체를 지시할 수 있도록, 선수들이 어제의 1차전처럼 승기를 일찌감치 가져오기를 바라는 것.

　그리고.

　"킴을."

　내일 밤, 두 번째 경기에 오를 투수가 언제나와 같이 승리
를 책임져 주기를 믿는 것뿐이었다.

　"부디⋯⋯."

　우승을 염원하는 한 남자의 기도와 함께 시간이 흘러갔다.

　자기암시를 통해 정말 유의미한 변화나 성과를 이끌어 내
는 건 일견 쉬워 보일 수도 있지만 결코 쉽지 않은 일이다.

　무의식 속에 자기암시를 해제할 불안이 잠자고 있는 경우
가 태반이니까.

　오직 시도 때도 없이 파고드는 불안을 무시할 수 있는 두
꺼운 신경 줄과 자신에 대한 강한 확신을 가진 존재만이 자
기암시를 제대로 이용할 수 있다.

　김신은 바로 그런 사람이었다. 그 어려운 걸 해 내는 남자.

　"좋은데?"

　2012년 9월 30일 아침.

　자리에서 일어나 몸을 움직이던 김신의 입가에 자신감 넘
치는 미소가 담겼다.

"역시 10대. 대단하구먼."

60대 노인이 식스 팩을 가질 수 있듯, 인간의 근육은 나이에 상관없이 단련할 수 있다.

하지만 나이를 먹으면서 점차 상실되는 회복력과 절대적인 스태미나는 절대로 돌아오지 않는다.

지칠 줄 모르고 뛰어놀던 어린아이도 나이를 먹으면 채 한 시간도 제대로 놀기 힘들어하고.

밤새 술을 마셔도 하루 자고 일어나면 원상 복구되던 20대는 곧 하루를 밤새면 이틀, 사흘, 일주일을 앓아야 하며.

과도한 야식 섭취만 아니라면 높은 기초대사량을 바탕으로 날씬한 체형을 유지하던 사람도 30대가 넘어가면 아랫배가 나온다.

그 사실을 아주 잘 아는 김신은 항상 궁금해했다.

'10대, 20대 때 내 몸은 어느 정도까지 할 수 있었을까?'

30대 후반, 40대의 몸으로도 최정상에 발을 담갔는데.

과연 전성기적 육체는, 공부와 의학에 파묻혀 살아 한계를 경험해 보지 못한 그 육체는 얼마나 대단할까.

그 대답이 바로 지금 거울 앞에 서 있었다.

"못 하려야 못 할 수가 없잖아."

길쭉길쭉 뻗은 팔다리, 두텁고 큰 손, 조각 같은 식스 팩과 터질 듯한 장딴지가 컬래버레이션을 이루는 코어.

'이런 하드웨어가 바탕이 됐으니 공부도 잘했던 거겠지.

열두 시간씩 앉아 있어도 됐으니까.'

스프링캠프부터 폼을 끌어 올려 혹사시켰음에도 시즌 마지막 경기까지 건재함을 과시하는.

지난 초여름 한 차례 제구 난조를 보였던 걸 제외하면 회귀 이후 언제나 기대에 부응해 온.

그야말로 던지기에 최적화된 육체가 그곳에 있었다.

'어쩌면 그때 제구 난조도 다른 이유 때문이었을지도.'

건강한 육체에 건강한 정신이 깃든다는 말이 있다.

부정적인 감정 따위는 저 멀리 날려 버리는 자신의 몸을 앞에 둔 채, 새삼 그 말이 인생의 진리임을 느끼며 김신은 일어나 핸드폰을 잡았다.

"치즈 버거 세 개요."

언제나와 같은 치즈 버거를 시켜 먹고 줄무늬 양말을 왼발 오른발 순서에 맞춰 신는다.

범람하는 기사들이 주는 부담감은 기대감으로 승화된다.

"가 볼까?"

사상 최강의 양손 투수가 발걸음을 내디뎠다. 역사에 없을 기록을 고고한 전당에 영원토록 박아 넣기 위해.

[웰컴 투 메이저리그! 안녕하십니까, 시청자 여러분! 여기는 뉴욕 양

키스와 미네소타 트윈스의 2, 3차전 더블헤더 경기가 펼쳐지는 타깃 필드입니다! 곧 1회 초 양키스의 공격으로 경기가 시작되겠습니다. 라인업부터 살펴보시죠. 1번 유격수 데릭 지터……]

비 내린 다음 날 쌀쌀한 날씨에도 구름 관중이 전석을 매진시킨 타깃 필드.

해설 위원들의 목소리와 함께 전미 중계방송이 시작됐다.

뉴욕 양키스와 미네소타 트윈스의 라인업을 한차례 읊은 캐스터가 재밌다는 듯 웃으며 9월 말에도 손에 땀을 쥐는 경쟁이 펼쳐지고 있는 메이저리그의 복마전을 언급했다.

[보시다시피 양키스는 완벽한 주전 라인업을 들고 나왔습니다. 보통 이쯤 되면 우승을 확정한 팀은 유망주에게 경험도 좀 주고 주전 선수들에겐 휴식도 좀 부여하면서 포스트시즌을 준비하는데요. 올해의 양키스에겐 그런 여유가 없습니다.]

[당연하다면 당연하겠죠. 시즌 최다승이 걸려 있는데 여유를 부릴 수는 없을 테니까요.]

[그렇습니다. 올해 야구는 참 끝까지 치열해요. 아메리칸리그를 보면 동부 지구엔 시즌 최다승을 노리는 양키스가 달리고 있고 서부 지구에서는 아직도 세 팀이 각축전을 벌이고 있습니다. 중부 지구는 타이거스와 화이트삭스가 2경기 차로 접전이고요.]

텍사스 레인저스, 오클랜드 애슬레틱스, 로스엔젤레스 에인절스가 각각 92승, 90승, 87승으로 레이스를 펼치고 있는 아메리칸리그 서부 지구.

얼핏 보면 텍사스의 우승이 거의 확실한 것 같지만 그 텍사스의 남은 경기가 에인절스, 오클랜드로 이어지는 경기임을 생각하면 충분히 뒤집힐 수 있는 상황이었다.

실제 역사에서도 기어코 오클랜드가 마지막 시리즈를 제압하면서 텍사스는 와일드카드로 떨어져 내렸고.

뉴욕 양키스 뒤에서 칼을 갈고 올라온 볼티모어에게 패배하면서 가을야구를 접어야 했다.

디트로이트 타이거스를 시카고 화이트삭스가 2경기 차로 맹추격하고 있는 중부 지구는 말할 것도 없는 박빙.

시즌 막바지까지 모든 팀이 전력으로 부딪히는 장관에 야구팬들이 행복한 비명을 지르는 것도 무리는 아니었다.

그런 상황은 내셔널리그도 비슷했는데.

[내셔널리그도 만만치 않죠. 신시내티 레즈와 샌프란시스코 자이언츠가 일찌감치 우승을 확정하긴 했습니다만 동부 지구는 여전히 치열하고 카디널스와 다저스의 와일드카드 경쟁이 또 흥미진진합니다.]

96승의 워싱턴 내셔널스를 93승의 애틀랜타 브레이브스가 추격하는 중인 내셔널리그 동부 지구.

지구 우승에 관계없이 와일드카드 한 장은 이미 동부 지구로 향한 상황에서, 85승의 중부 지구 세인트루이스 카디널스와 84승의 서부 지구 LA 다저스가 남은 한 장을 확보하기 위해 안간힘을 쓰고 있었다.

즉 지금의 메이저리그 판은 어느 경기를 봐도 맥주 한 캔

이 절로 삭제되는, 먹을 게 천지 삐까리로 깔린 뷔페라는 말이다.

그런데도 전미가 타깃 필드를 주목하고, 타 팀의 골수팬들조차 양키스와 트윈스의 경기를 한쪽 옆에 켜 놓는 이유는 당연하게도.

"사랑해요, 킴!"

"Kim Will Rock You-!!"

낮 경기에 등판하지 않는 것이 확정적임에도, 관중에 의해 그라운드로 소환되는 남자 때문이었다.

[경기 시작합니다. 에스메를링 바스케스, 데릭 지터를 상대합니다. 초구!]

메인 디시가 나오기 전, 식욕을 돋게 하려는 듯이.

따악-!

[우중간을 시원하게 가릅니다! 데릭 지터의 선두 타자 2루타!]

뉴욕 양키스의 방망이가 불을 뿜었다.

"좋아, 좋아. 가볍게 이기고 또 이기자고."

1회 초부터 대거 4득점.

뉴욕 양키스 팬들은 훌륭한 에피타이저에 감탄하며 메인 디시에 대한 기대감을 키웠으나.

따악-!

"응?"

"홀리……!"

코스 요리는 시간이 오래 걸리는 게 당연하다는 듯, 쌍둥이의 방망이가 맞불을 놓았다.

[조 마우어—!]

경기 시간이 점점 길어지기 시작했다.

누구나 감탄할 만한 몸을 만드는 것은 어렵지만, 그걸 유지하는 건 더욱 어렵다.

누구나 박수를 보낼 만한 위치에 도달하는 것은 어렵지만, 그걸 유지하는 건 더더욱 어렵다.

이유는 간단하다.

멋들어진 보디 프로필을 찍기 위해 참아 왔던, 미뤄 왔던 모든 것을 계속해서 절제해야 하며.

끝없이 치고 올라오는 경쟁자들을 맞아 눈앞에 보이는 달콤한 과실들을 외면한 채 끊임없는 노력을 경주해야 하기 때문이다.

그걸 못 한다면?

부자는 망해도 삼 대는 간다는 말처럼, 잠시간은 가겠지만 그 이후엔 찾아오는 고난 속에 발버둥 쳐야만 할 뿐.

화무십일홍(花無十日紅).

미네소타의 쌍둥이가 바로 그러했다.

"렛츠 고, 트윈스ー!"

미네소타 트윈스(Minnesota Twins).

론 가든하이어라는 뛰어난 감독의 지도 아래, 토리 헌터를 위시한 유망주들의 폭발을 앞세워 2000년대 아메리칸 리그 중부 지구를 제패했던 팀.

하지만 그 팀은 지금 지난 시즌 63승 99패, 이번 시즌 64승 93패로 지구 꼴찌를 달리며 간신히 100패만 면할 뿐인 약팀이 되어 있었다.

마찬가지로 이유는 간단했다.

토리 헌터, 조 마우어, 저스틴 모노, 요한 산타나 등 팀을 이끌었던 선수들이 노쇠하거나 다른 팀으로 떠나간 데 비해.

창창한 젊음을 뽐내며 수혈돼야 할 새로운 유망주들이 줄줄이 실패를 거듭했으니까.

즉, 패자(覇者)의 자리를 유지할 동력을 상실했다는 이야기다.

그러나 그 모든 시간을 미네소타 트윈스라는 팀과 함께했던 베테랑, 조 마우어는 다른 이유 하나가 더 있다는 것을 알고 있었다.

'빌어먹을 양키스.'

뉴욕 양키스.

밥 먹듯이 지구 우승을 차지했던 미네소타 트윈스가 월드 시리즈의 흙 내음 한번 맡아 보지 못하게 가로막은 두꺼운 벽.

그 벽에 좌절하여 번번이 트로피를 미니애폴리스로 가져오지 못하면서, 중소 마켓인 미네소타 트윈스는 많은 것을 놓쳐야만 했다.

'우승했다면, 지금이랑 좀 달랐겠지.'

물론 미네소타 트윈스의 모든 가을이 양키스라는 한파에 끝장난 건 아니었고.

잘잘못을 따지자면 결국 정당한 승부에서 승리하지 못한 트윈스 선수들의 책임이 더 크다고 할 수 있었다.

조 마우어도 머리로는 충분히 알고 있었다.

하지만 그래서 어쩌란 말인가.

자신들을 보양식 삼아 기어코 트로피를 획득해 낸 놈들이 눈앞에 있는데.

놈들이 또 우리를 짓밟는 걸 막아 달라며 후배들이 차려 준 밥상이 지금 여기 아른거리는데.

퍽- 퍽-!

평소와는 달리 주심에게 건네는 인사도 생략한 채, 배터박스를 다지는 조 마우어.

그 뒤로 해설 위원들의 멘트가 쏟아졌다.

[무사 주자 1, 2루! 조 마우어 선수가 타석에 섭니다!]

[여기서 조 마우어 선수가 하나 해 줘야 해요. 1회 초부터 벌어진 점수를 따라갈 절호의 기회입니다.]

그러나 또 하나 움직인 것이 있었으니.

[말씀드리는 순간, 양키스 수비진이 이동합니다.]

해설 위원의 말처럼 추격의 불씨를 살리도록 두지 않겠다는 듯, 벤치의 지시를 받은 양키스 수비진이 좌우로 자리를 옮겼다.

[내야는 우측, 외야는 좌측. 요즘 마우어 선수를 만나는 팀마다 이런 모습이네요.]

[문제는 그게 잘 통하고 있다는 거죠.]

수비 시프트.

2010년대 중후반, 메이저리그를 관통할 중요한 키워드.

고도로 발달한 관측, 분석 기술을 바탕으로 타자의 타구 방향을 계산한 뒤 그 공이 땅에 떨어지지 않도록 수비 위치를 바꾸는 행위.

요즘 자신을 괴롭히는 화두의 등장에 조 마우어가 눈썹을 꿈틀거렸다.

[마우어 선수, 어서 빨리 답을 찾아야만 합니다. 이대로는 다음 시즌은 더 힘들어질 거예요!]

조 마우어도 알고 있었다.

지금 그라운드에 펼쳐진 저 엿 같은 수비 시프트를 뚫는 방법 정도는.

'타격 스타일을 바꾸든가, 아니면······.'

잡을 수 없는 곳으로 공을 날려 버리든가.

하지만 이미 완벽하다 할 만한 스타일을 구축한 베테랑에게, 2009년 이후 시즌 홈런이 10개가 채 안 되는 마우어에게 그게 쉬울 리는 만무한 일.

그럼에도.

꾸욱—!

4-0의 점수 차와.

재작년 디비전 시리즈 3차전에서 7이닝 무실점으로 미네소타 트윈스의 가을을 끝내 버렸던 남자 앞에서 조 마우어는 배트를 으스러뜨릴 듯 손아귀에 힘을 불어넣었다.

[양키스 배터리, 사인 교환이 길어집니다.]

그 결기를 간과하지 않겠다는 듯 필 휴즈와 러셀 마틴은 신중하게 사인을 교환했지만.

그것이 오히려 조 마우어에겐 득이 되었다.

'필 휴즈. 포심-커브-슬라이더-체인지업-커터의 파이브 피치. 다만 체인지업과 커터는 거의 사용하지 않고, 포심-슬라이더-커브를 주로 사용하는 스리 피치 투수. 이번 시즌 엔 중반부터 슬라이더 사용 비율을 크게 높였지…….'

경기 전 닳도록 외운 정보를 토대로, 수 싸움에 능한 포수의 두뇌가 팽팽 돌았다.

'사인 교환이 길어진다는 건 둘 중 하나가 고집을 부린다는 뜻. 요즘 놈이 공격적으로 투구한다는 걸 생각할 때…….'

그리고 포심을 노리려던 조 마우어가 타깃을 바꾼 순간.

'스트라이크를 하나 주더라도 노려 볼 만해.'

마운드의 흙이 채이고, 필 휴즈의 몸이 역동적으로 움직였다.

[긴장되는 순간! 필 휴즈, 초구!]

그 손끝에서 뿜어져 나온 공에서 실밥의 모양을 확인한 조 마우어의 이가 악물리고.

그의 배트가 공기를 가르기 시작했다.

부우웅-!

필 휴즈의 초구는.

우투수인 그가 좌타자인 조 마우어에게 던질 수 있는 가장 공격적이며 모험적인 공.

타자가 간파하지 못한다면 허무하게 카운트 하나를 헌납하게 되는 공.

볼인 척하면서 타자의 바깥쪽에서 안쪽으로 휘어 들어와 스트라이크존에 걸치는 공.

'슬라이더!'

백도어 슬라이더였다.

모험적인 공이란 뜻은, 간파하지 못했을 때 허무하게 카운트를 헌납해야 한다는 소리는.

결국 간파했을 때는 장타를 허용할 수밖에 없다는 의미.

필 휴즈가 바랐던 하이 리턴이 하이 리스크가 되어 되돌아왔다.

따아악-!

[조 마우어ㅡ! 좌측! 큽니다! 좌익수 뒤로! 좌익수 뒤로!]

하지만 부족했다.

포수라는 포지션에 적합하지 않은 큰 체구로 10년 가까이 홈플레이트에 쪼그려 앉았던 그를 지탱해 온 몸은 2009년 타격왕과 MVP를 석권했던 이후로 여기저기 고장 나고 있었고.

1년 동안 소모된 체력과 9월 말 타깃 필드의 추운 날씨에 미세하게 굳어진 근육, 그리고 짱짱한 필 휴즈의 구위는 완벽한 게스 히팅에도 조 마우어에게 담장 너머를 허락하지 않았다.

그러나 또한 부족하지 않았다.

콰앙ㅡ!

[브렛 가드너 잡지 못합니다! 공 구릅니다! 담장 맞고 튀어나온 공이 구르고 있어요!]

수비 시프트의 본질은 가능성의 싸움.

겹겹이 쌓인 데이터를 뚫고 잡을 수 없는 곳으로 떨어지는 공도 분명 있는 법이었다.

더군다나.

"Shit-!"

장타력을 상실해 가는 조 마우어를 상대로 조금 앞으로 전진해 있던 브렛 가드너의 자그마한 판단 미스가.

브렛 가드너가 자랑하는 메이저리그 수위의 빠른 발을 타구에 미치지 못하게 만들었다.

[브렛 가드너, 잡아서 3루로-!]

또한 애석하게도, 브렛 가드너에게 빠른 발은 있었지만 양키스 우측 외야를 책임지는 동양인 친구처럼 강한 어깨는 없었으니.

뻐엉-!

"세이프!"

2타점을 올리는 적시 3루타.

"우오오오오오-!"

조 마우어가 3루에서 포효했다.

그리고 그 포효에 담긴 기운을 이어받은 것인지.

따악-!

지난 4월, 김신의 오른손 하나를 공략하지 못했던 미네소타 타선이 필 휴즈의 오른손을 집요하게 공략했다.

[이번엔 1, 2루간! 빠집니다-!]

경기는 계속됐고.

사각- 사각-.

김신의 손가락은 바삐 움직였다.

☺

1회 말이 끝난 뒤 양키스 더그아웃.

들어오자마자 수건을 뒤집어쓴 필 휴즈를 뒤에 두고, 데릭 지터가 선수들을 모았다.

"괜찮아. 고작 1점 차이다."

1이닝 5실점은 분명 뼈아픈 손해다.

하지만 그 앞에 4득점이라는 숫자가 붙으면 이야기는 달라진다.

4-5.

질 거라고 생각하지 않는다는 듯, 눈을 빛내는 팀원들에게 캡틴이 기름을 들이부었다.

"개도 집에서는 반은 먹고 들어간다고, 쌍둥이 놈들이 마지막 발악을 하는 모양인데…… 우리가 누구지?"

"뉴욕 양키스!"

"저 반대편 더그아웃 머저리들보다 두 배는 더 많이 승리한 우리가 누구라고?"

"뉴욕 양키스!"

"메이저리그 사상 최다 승을 목전에 둔 우리가 누구냐!"

"뉴욕 양키스!"

"그래, 양키스다! 렛츠 고, 양키스-!"

"렛츠 고, 양키스-!"

필 휴즈의 얼굴을 덮은 수건이 떨어져 내릴 정도의 괴성과 함께.

양키스의 2회 초 공격이 시작됐다.

따악—!

[매섭습니다! 너무 매서워요! 양키스의 방망이를 막을 수가 없습니다!]

안타 두 개와 볼넷을 엮어 2득점.

양키스는 자신들의 의지를 관철시켰다.

그러나.

따악—!

[오늘 이게 무슨 일입니까! 타깃 필드의 바람을 뚫고 화끈한 타격전이 펼쳐집니다!]

그 어떤 투수라도 안 긁히는 날은 있다는 자명한 진리가 양키스와 필 휴즈를 괴롭혔다.

아니, 정확히 말하자면 양키스와 필 휴즈만이 아니라 트윈스와 그 선발투수인 에스메를링 바스케스, 그리고 그들의 뒤를 이어 등판한 양 팀 투수들 또한 마찬가지였다.

뻐엉—!

[베이스 온 볼스! 분 로건, 볼넷을 허용합니다!]

6−5.

6−8.

8−8.

9−8.

9−9.

가파르게 올라가는 전광판의 숫자만큼이나 많은 선수가

마운드를 밟고 지나갔다.

양키스의 분 로건, 조바 체임벌린, 클레이 라파다, 데이비드 로버트슨이 흔들렸으며.

트윈스의 알렉스 버넷, 케이시 피엔, 브라이언 듀엔싱, 자레드 버튼은 아웃카운트 하나 잡기 급급했다.

따악-!

[트레버 플루프! 우중간을 가릅니다!]

동시에 아무리 메이저에 발붙이기 힘든 타자라도 열 번 중에 최소 한두 번은 1루 베이스를 밟을 수 있다는 당연한 사실이 양 팀 타자들을 가호했다.

엎치락뒤치락 손에 땀을 쥐는 경기.

타깃 필드를 가득 메운 양 팀 팬들의 얼굴이 상기됐다.

그러나 똑같이 승리를 부르짖었으되, 그들이 토해 내는 목소리의 내용은 판이했다.

"됐어! 이제 이 경기만 이기면 돼!"

양키스 팬들은 미래에 대한 희망을 노래했고.

"…이번 경기라도 이겨야 해!"

트윈스 팬들은 다음 경기에 대한 걱정과 동반한 이번 경기에 대한 절실함을 읊조렸다.

같은 날에 열리는 더블헤더 경기의 특성상 한번 등판한 불펜 투수는 다시 등판할 수 없고.

길어진 경기로 주전급 야수들의 체력은 많이 소모되었다.

그런 쌍방 소모에서 미네소타 트윈스보다 뉴욕 양키스가 압도적으로 유리할 것이라고 생각되는 이유는.

사각- 사각-.

같은 상황 속에 희망과 절망이라는 상반된 감정을 불러일으키는 존재, 김신 때문이었다.

사각- 사각-.

흰색 바탕을 가진 김신의 수첩에 검은색이 빼곡해질 무렵.

9회.

양 팀 팬의 희비를 가르는 소리가 연이어 울려 퍼졌다.

따악-!

[마크 테세이라! 오랜 침묵을 깨는 솔로포를 터뜨립니다!]

미네소타 트윈스의 마무리, 글렌 퍼킨스는 고개를 떨궜고.

빠각-!

[배트 부러집니다! 마리아노 리베라, 직접 처리합니다! 1루에서…… 아웃! 경기 끝났습니다! 10-9! 혈전 끝에 양키스가 또다시 승리를 쟁취합니다!]

유일하게 제 역할을 해 낸 양키스의 수호신, 마리아노 리베라가 두 주먹을 불끈 쥠과 동시에.

탁-.

김신의 수첩이 닫혔다.

그리고.

그 어떤 투수라도 안 긁히는 날은 있다는 메이저리그의 정설을 정면으로 부정하는 역사를 써 내려가고 있는 남자가.

　고개를 들었다.

　스마트폰이 발달하면서 많은 기기들이 자신의 자리를 작고 네모난 기계에 내주었다.

　그중 하나가 바로 한때는 성공하는 사람들의 필수 습관처럼 여겨졌던 수첩이다.

　불편하게 수첩과 펜을 지참하는 것보다, 스마트폰 메모 애플리케이션을 켜서 손가락으로 타이핑만 하는 것이 훨씬 쉽고 편한 일이니 어찌 보면 당연한 현상.

　아이들의 책상에서 알림장은 사라진 지 오래고, 심지어 회의 시간에 육군 수첩을 지참하지 않으면 단박에 불호령이 떨어지던 군대에서까지도 수첩은 제 기능을 상실해 갔다.

　그것은 한때 성역과도 같이 전자기기의 반입을 절대 금지했던 더그아웃도 마찬가지여서.

　미래의 메이저리그 더그아웃에서는 사무국이 제공하는 앱만 설치하면 지난 이닝의 영상을 확인하고, 분석하는 게 가능했고.

　늦깎이 메이저리거로서 매 경기 공부하는 게 일상이었던 김신조차 수첩은 손에 쥐어 보지도 않았었다.

하지만 2032년이 아닌 2012년.

더그아웃에 전자기기를 반입한다는 게 지독한 난센스인 시대에 떨어진 이상, 로마에선 로마법을 따라야 하는 법.

지피지기면 백전불태라는 말을 입버릇처럼 논하는 김신이 수첩을 손에 쥐는 건 당연한 선택이었다.

팔락- 팔락-!

이제는 익숙한 모습으로 흰 바탕에 빼곡한 검은 글씨를 복기하던 김신은 문득 그 익숙함에서 느껴지는 생소함에 페이지를 넘기던 손을 멈췄다.

'역시 인간은 적응의 동물이야. 얼마나 됐다고 이게 또 적응이 됐네. 처음엔 그렇게 불편했는데…… 나름 낭만이 있잖아? 녀석이 굳이 쓰던 이유가 있었군.'

거기서부터 시작된 상념이 미래의 뉴욕과 현재의 뉴욕을 비추는 건 순식간이었다.

핸들에 손만 대고 있어도 목적지로 데려다주던 자율 주행 차량도 없다.

시간만 되면 꾀꼬리 같은 목소리로 일정을 안내해 주던 인공지능 비서도 존재하지 않는다.

심판은 공의 궤적과 스트라이크존이 일목요연하게 표기되는 안경 대신 맨눈만으로 판단한다.

말하자면 유행으로 즐기던 레트로가 현실이 된, 일보 후퇴한 것 같은 세상.

그러나 그 후퇴한 세상 속에서 김신은 어느 때보다도 열정적인 삶을 살고 있었다.

아주…… 아니, 더 이상 행복할 수 없는 삶을.

'의미는 좀 반대지만…… 격세지감이 이런 건가.'

지나간 과거를 바라보며 느끼는 것이 아닌, 다가올 미래를 예지하며 느끼는 역(逆)격세지감에 김신이 피식 웃을 찰나.

"등판 전에 집중하는 건 알지만, 잠깐 얘기 좀 해야 될 거 같은데."

첨단기기가 넘쳐나는 세상 속에서도 한 손에 수첩을 놓지 않았던.

미래 양키스의 낭만파 캡틴이 투수 대기실 문을 열고 들어왔다.

그와 동시에.

'이런…… 나도 모르게 여유를 부렸나.'

슬쩍 풀어져 있던 김신의 태도가 꽉 조여졌다.

며칠간 지속된 특별한 자기암시와 오늘 아침 확인한 완벽한 컨디션, 지난 첫 경기의 결과와 현재 미네소타 트윈스의 상태 등 여러 가지 요소가 복합적으로 작용해 자신도 모르게 찾아온 잠깐의 여유.

평범한 투수라면 그럴 수도 있는 일이었지만, 김신은 빅 게임을 앞에 두고 그런 걸 용납할 정도로 무른 남자가 아니었다.

'큰일 날 뻔했군.'

집중력을 가다듬으며 뱃속의 칼을 날카롭게 간 김신이 툭 뱉었다.

"고맙다, 게리."

"……? 뭐가?"

갑작스러운 감사 인사에 떨떠름하니 고개를 갸웃하는 게리 산체스를 뒤로한 채, 자신만의 감사를 건네고는 곧바로 본론으로 들어가는 김신.

"투구 패턴 때문에 온 거지? 큰 변화 없이 상의했던 대로 가자."

그리고 빅게임을 앞에 둔 김신의 평소 태도와 다를 바 없는 그 단호한 모습에.

갑작스러운 감사 인사는 대수롭지 않게 접어 둔 산체스가 즉시 호응하면서.

"그래? 아까 보니까 오늘 트윈스 타자들 타격감이 심상치 않던데……."

모든 메이저리거에게 격세지감을 느끼게 하는 배터리의 목소리가 도란도란 공간을 채워 갔다.

🍥

메이저리그 최연소 배터리가 아날로그 향기가 풀풀 나는

수첩을 앞에 두고 회의에 한창일 무렵.

"에스코바르, 잠깐 같이 좀 가자."

"무슨 일인데?"

"미스터 마우어가 불러."

"……알겠어. 가자."

반대편 클럽하우스에서는 이번엔 포수가 아닌 3번 지명타자로 출전하게 된 조 마우어가 함께 상위 타선을 구성할 1번과 2번, 벤 르비어와 에두아르도 에스코바르를 불러 모았다.

"왔어? 이리 좀 앉아 봐들."

그리고 팀 중심 타자의 부름에 순순히 응한 그들을 기다리던 건.

조 마우어에 더해 그와 함께 미네소타 트윈스의 전성기를 열었던 1루수, 저스틴 모노와 이번 시즌 합류했지만 팀의 중심 타선으로 준수한 활약을 펼치고 있는 조시 윌링햄이었다.

베테랑들의 갑작스러운 소집에 굳어 있는 그들에게 조 마우어가 무언가를 슥 내밀었다.

"할 얘기가 좀 있어서 불렀어."

그것은 아직은 수첩이 훨씬 익숙한 그들에게 조금은 생소한 물건.

디지털 시대에 걸맞는 아이패드였다.

그것도 복잡한 지표가 한가득 들어 있는.

"이건…… 김신의 투구 분석 자료 아닙니까?"

"……."

곧바로 알아보고 질문을 던져 오는 벤 르비어와 침묵하는 에두아르도 에스코바르.

둘의 반응을 확인하며 고개를 끄덕인 조 마우어가 천천히 입술을 움직였다.

"여기서 김신이 대단하다는 걸 모르는 사람은 없을 거라고 생각한다. 확실히 내가 봐도 말도 안 되는 놈이야. 좌완으로 네 구종, 우완으로 세 구종. 총 일곱 구종을 자유자재로 구사하는데 그게 다 제구가 된다니."

잠시간 김신의 투구 분석 자료를 화면에 띄운 채 선수들의 주목을 모은 조 마우어는 이내 준비했던 본론을 꺼내 들었다.

"하지만 그렇다고 양키 놈들한테 순순히 고개 숙일 수는 없지. 놈이라고 점수를 아예 내주지 않는 건 아니야. 분명히 공략할 구석이 있어! 그건 바로……."

이어 전환된 화면은 한 개의 단어를 토해 냈다.

김신이 가장 늦게 익혔지만, 그의 탈삼진 기록에 다른 변화구에 뒤지지 않는 기여를 하고 있는 구종.

어느새 우타자에게는 포심 다음으로 많이 사용하는 구종.

"체인지업?"

김신이 그렉 매덕스와의 만남으로 이번 생에야 던질 수 있게 된 공, 서클 체인지업이었다.

벤 르비어의 의문성에 조 마우어가 곧바로 행동을 취했다.

그의 손가락이 Change-Up이란 글자를 터치함과 동시에 다시 한번 슬라이드가 넘어갔다.

"놈의 체인지업은 생각만큼 까다롭지 않아. 워낙 포심이 압도적이고, 다른 구종의 숙련도가 높아서 비슷해 보이지만 확실히 체인지업만 따로 놓고 보면 다른 구종보단 훨씬 상대할 만해."

맞는 말이었다.

그렉 매덕스에게 배움을 얻고 구사할 수 있게 된 지 반년.

가장 오래 연마한 포심에는 당연히 비할 수 없고 수년 이상 사용해 본 슬라이더, 커브에 비해서도 체인지업의 숙련도가 한 수 떨어지는 건 사실이었다.

하지만 그동안 김신을 상대했던 쟁쟁한 타자들, 구단들이 이 사실을 몰랐을까?

아니, 조 마우어뿐 아니라 그들도 충분히 체인지업이 그나마 공략해 볼 만하다는 것은 잘 알고 있었으나.

"그렇다고 체인지업만 노리기엔 놈의 포심과 슬라이더가 너무 위력적이야. 자칫 잘못하면 헛스윙만 연발할 수도 있다고."

팔짱을 낀 채 뱉은 저스틴 모노의 말처럼 체인지업을 노리다가는 훨씬 더 많은 비율로 구사되는, 심지어 결정구로 가장 많이 사용되는 포심에 속수무책일 수밖에 없었다.

그 뒤에 숨어 있는 슬라이더와 커브를 무시할 수 없었다.

더군다나 호랑이 가죽을 입었음에도 결코 여우 같은 피칭을 꺼리지 않는 김신이 게스 히팅을 눈치챈 순간 체인지업을 순순히 던져 줄 리 만무한 일이었으며.

김신 또한 체인지업보다 다른 구종을 더 믿는 모양인지 위기 상황에서의 사용 빈도도 적었다.

즉, 설령 한두 번 성공하더라도 1~2득점 이상의 요행을 바라긴 힘들다는 소리.

이것이 바로 그동안 수많은 선수와 구단이 극단적인 체인지업 게스 히팅을 행하지 못한 이유…… 아니, 시도하고도 김신과 양키스의 승리를 막지 못한 이유였다.

그러나 조 마우어는 고개를 끄덕이면서도 자신의 의견을 밀어붙였다.

"맞아, 모노. 네 말이 다 맞아. 자칫하다간 꼴사납게 선풍기만 돌릴 수도 있지. 하지만 말이야…… 오늘은 평범한 경기가 아니잖아? 놈에겐 더더욱."

"……!"

느낌표가 떠오른 선수들의 얼굴 위로, 조 마우어의 목소리가 쏟아져 내렸다.

"놈도 사람이야. 시즌 전승이라는 대기록이 걸렸는데 평소 같을 순 없겠지. 분명히 도박이지만, 도박이 성공해서 경기 초반 1~2득점이라도 선취하면 놈은 반드시 흔들린다."

"......"

"실패해도 그냥 아웃카운트 하나야. 별다를 일도 없어."

경기 초반 극단적인 체인지업 게스 히팅을 통한 김신의 멘탈 공략.

이것이 바로 조 마우어가 생각한 오늘의 승리 플랜이었던 것이다.

그러나 조 마우어가 좌타자, 스위치히터, 좌타자, 우타자, 좌타자로 이어지는.

김신이 경기 초반 좌완 투구를 선택할 확률을 극단적으로 높여 주는 오늘 미네소타 트윈스의 타선을 둘러보는 사이.

"그런데 말입니다."

허벅지를 두드리던 벤 르비어가 그가 언급하지 않은 문제 하나를 꼬집었다.

"선공은 양키스잖습니까. 1회 초에 점수가 나면 말짱 도루묵 아닙니까?"

타깃 필드라는 미네소타 트윈스의 홈구장에서 열리는 경기.

원정팀인 뉴욕 양키스가 먼저 공격한다는 당연한 사실을, 1회 초에 양키스 방망이가 침묵하는 걸 기대하기 힘들다는 가혹한 진실을 지적하는 벤 르비어의 목소리.

그에 조 마우어는 어깨를 으쓱하는 것으로 답했다.

"맞아. 그건 어쩔 수 없지. 낮 경기처럼 1회 초부터 4득점

5득점이면 경기 터지는 거지, 뭐. 어쩌겠어? 투수를 믿고, 너희가 눈 부릅뜨고 타구를 막는 수밖에."

중견수와 2루수, 벤 르비어와 에두아르도 에스코바르.

1, 2번 타자로 공격의 첨병을 맡았을 뿐만 아니라 수비에서 가장 중요하다는 센터 라인 또한 담당하고 있는 두 후배들에게.

"아니면 다른 방법 있어?"

그라운드의 사령관이 싱긋 물었다.

"……."

⚾

그리고 두 청년의 결의와 함께 시간은 빠르게 흘러.

밤바람이 매섭게 몰아치는 9월 30일의 늦은 저녁.

[웰컴 투 메이저리그! 오늘은 두 번 인사를 드리네요. 여기는 뉴욕 양키스와 미네소타 트윈스의 3차전, 더블헤더 두 번째 경기가 열리고 있는 타깃 필드입니다! 방금 전 첫 번째 경기에선 화끈한 타격전 끝에 양키스가 10-9로 신승을 거뒀죠?]

[미네소타 트윈스 입장에서는 뼈아픈 결과예요. 불펜을 거의 다 소모하고도 승리를 쟁취하지 못했으니까요. 물론 승리한 뉴욕 양키스도 많은 불펜을 소모한 건 똑같습니다만……]

[양키스에겐 이 남자가 있죠. 김신!]

메이저리그 역사에 길이 남을 경기가 시작됐다.

"제발…… 이기기만 하면…… 아니, 지지만 않으면 내가 뭐든지 다 해 줄게!"

10월 1일, 김신의 생일을 하루 남긴 날이었다.

[웰컴 투 메이저리그! 오늘은 두 번 인사를 드리네요. 여기는 뉴욕 양키스와 미네소타 트윈스의 3차전, 더블헤더 두 번째 경기가 열리고 있는 타깃 필드입니다! 방금 전 첫 번째 경기에선 화끈한 타격전 끝에 양키스가 10-9로 신승을 거뒀죠?]

[미네소타 트윈스 입장에서는 뼈아픈 결과예요. 불펜을 거의 다 소모하고도 승리를 쟁취하지 못했으니까요. 물론 승리한 뉴욕 양키스도 많은 불펜을 소모한 건 똑같습니다만…….]

[양키스에겐 이 남자가 있죠. 김신!]

[그렇습니다. 29승 0패. 이번 경기만 승리하면 말도 안 되는 시즌 전승이라는 기록을 역사에 새겨 넣을 미친 투수가 있죠.]

[하하, 듣고 또 들어도 정말 믿기지 않습니다. 그 경기를 제가 중계하고 있다는 사실도요.]

[저도 똑같은 심정입니다.]

[그래도 할 일은 해야겠죠. 먼저 라인업부터 살펴보시겠습니다. 양 팀 다 조금씩 변화가 있었습니다.]

[아무래도 낮 경기에서 체력을 많이 소모하기도 했고, 기온이 기온이 다 보니 나이가 많은 선수는 부상이 염려될 만도 하니까요.]

[그렇다고 하기엔 데릭 지터, 조 마우어 등 핵심 선수들은 여전한데요?]

[그건 또 경기의 중요성 때문이라고 설명드리겠습니다. 그리고 둘 다 지명타자로 출장하지 않았습니까?]

[하하, 그건 그렇군요.]

차가운 바람이 몰아치는 늦은 저녁의 타깃 필드.

해설진조차 흥분해 각자의 소회를 늘어놓는 사이, 열화와 같은 관중들의 환호성이 울려 퍼졌다.

"와아아아아아-!"

"Kim Will Rock You-!"

지치지도 않는지 쉬어 가는 목소리로 김신의 응원가를 열창하는 양키스 팬들.

그들의 외침이 타깃 필드를 양키 스타디움으로 착각하게 할 무렵, 마침내 역사적인 경기가 시작됐다.

"플레이볼!"

[경기 시작됐습니다! 투수 사뮤엘 데두노, 양키스의 캡틴 데릭 지터를 상대합니다.]

[초반이 중요해요. 지난 경기처럼 대량 실점으로 시작하면 오늘 트윈스는 패배만 하고 돌아갈지도 모릅니다!]

[그렇습니다. 말씀드리는 순간 사뮤엘 데두노, 초구!]

해설 위원의 걱정이 무색하게도, 팀의 새로운 기둥에게 역대급 기록을 안기고자 하는 캡틴의 무자비한 방망이가 섬뜩한 소리를 냈다.

따악―!

[쳤습니다! 3유간 빠집니다! 가볍게 안타를 신고하며 1루를 빼앗는 데릭 지터! 이 선수가 서른여덟이라는 게 믿기십니까?]

[빅 유닛과 같은 경우라고 생각합니다. 2010년에 잠시 주춤했던 게 거짓말인 것처럼 회춘한 듯한 성적을 쓰고 있어요! 정말 대단합니다.]

다음 타자인 추신서 또한 자신의 장기인 선구안을 십분 활용하여 풀카운트 승부 끝에 볼넷을 얻어 냈다.

뻐엉―!

[베이스 온 볼스! 추신서 선수가 이 공을 골라내면서 무사 1, 2루가 됩니다! 미네소타 트윈스, 지난 경기의 전철을 밟나요? 스멀스멀 양키스의 기세가 올라오고 있습니다!]

[과연 막강합니다. 브렛 가드너와 스즈키 이치로 선수가 빠졌음에도 리그 최고를 논할 선두 타선이네요.]

그리고 올라온 3번 타자는 이번 경기 벤치에 앉은 브렛 가드너 대신 좌측 외야를 책임지는 백업 외야수, 닉 스위셔.

우투수인 사뮤엘 데두노에 맞춰 좌타석에 선 스위치히터가 초구부터 타구를 잡아당겼다.

따악―!

[또 쳤습니다! 1, 2루간 빠집……!]

낮게 깔리며 바운드를 한 번 일으킨 뒤 1, 2루간으로 쏜살같이 빠져나가는 타구.

그 타구를 향해, 2루수 에두아르도 에스코바르의 몸이 날았다.

"흐읍-!"

평소였다면 에두아르도 에스코바르는 반응하지 못했을 것이다.

몸은 날렸어도, 그의 글러브가 공에 닿는 일은 없었을 것이다.

하지만 오늘 에두아르도 에스코바르는 평소에 디디지 못하던 한 발짝을 내디뎠다.


  -1회 초에 점수가 나면 말짱 도루묵 아닙니까?
  -어쩌겠어? 너희가 눈 부릅뜨고 타구를 막는 수밖에.


그것은 비단 팀의 기둥인 조 마우어의 작전 때문만은 아니었다.

조 마우어가 아이패드를 내밀었을 때, 비슷한 나이인 벤 르비어와 달리 그곳에 적나라하게 기재된 지표들을 제대로 알아보지 못한 자신에 대한 한탄.

이대로 있다가는 그저 그렇게 사라지는 메이저 '찍먹 선수'가 될지도 모른다는 불안감.

미래의 에두아르도 에스코바르를 결국 10년 넘게 메이저에서 버틸 수 있게 만들어 줬던 집념이 그에게 한 발짝을 더 내디딜 수 있는 기회를 부여했다.

탁—!

하지만 의지만으로 순식간에 기량이 급격히 상승하는 건 만화 속에서만 가능한 이야기.

에두아르도 에스코바르의 고작 한 발짝짜리 변화로는 부족했다.

그의 글러브는 공에 닿았지만, 그 공을 자신의 속살 안으로 포구할 수는 없었다.

[오우—! 글러브 맞고……]

그렇지만 남은 부분은 힘들어진 상황에도 자리를 비우지 않고 늦은 시간까지 미네소타 트윈스를 응원해 준 팬들이 채웠다.

그들의 염원이 에두아르도 에스코바르의 글러브에 맞고 굴절된 공을 가장 적절한 사람에게 배달한 것.

"아웃!"

[1루수 잡아서 포스아웃! 2루에서 다시…… 아웃입니다! 엄청난 수비가 나왔습니다! 에두아르도 에스코바르—! 글러브로 공을 쳐 내서 1루수 저스틴 모노 선수에게 송구했어요! 양키스의 분위기에 찬물을 끼얹는 아름다운 더블 플레이!]

[미네소타 트윈스 입장에서는 십년감수했을 장면이네요. 정말 빠른

타구였는데 그게 오히려 독이 됐습니다.]

[닉 스위셔 선수, 상당히 속이 쓰릴 거예요. 잘 친 타구가 이렇게 병살이 되면 속이 쓰리죠.]

야구에는 흐름이 있다.

엄청난 호수비가 나오면 꼭 공격에서도 좋은 결과가 있고.

빅 이닝 이후엔 상대의 빅 이닝을 반드시 경계해야만 한다.

본인을 제외하면 그 누구도 알지 못할 우연이지만, 어쨌든 에두아르도 에스코바르의 손에 무사 1, 2루 기회가 날아가 버린 상황.

타깃 필드의 흐름은 명백히 홈팀 미네소타 트윈스를 향해 있었다.

그것은 오랜만에 지명타자 자리를 양보하고 중견수로 출장한 커티스 그랜더슨의 타격에서부터 당장 영향을 미쳤고.

따악—!

[센터 필드! 중견수 벤 르비어 선수가 이미 대기하고 있습니다! 잡아낼 듯…… 아웃! 플라이아웃으로 물러나는 커티스 그랜더슨! 양키스의 1회 초 공격이 소득 없이 종료됩니다.]

데릭 지터는 3루까지 진출했음에도 결국 홈을 밟지 못했다.

그러나 양키스 팬들의 표정은 별로 어둡지 않았으니.

"킴! 킴! 킴! 킴!"

오히려 더욱 목청을 높이는 그들의 눈앞에서.

"후우……."

등장만으로도 흐름을 바꿀 수 있는 남자가 불펜에서 뛰쳐나왔다.

"Kim Will Rock You-!"

김신의 등장과 함께 우릉우릉 떨어 울리기 시작한 타깃 필드.

하지만 김신은 특별할 것도 없다는 듯 고요히 자신만의 루틴을 밟았다.

스윽- 스윽-.

투구판의 흙을 골라 내고 그라운드에서 가장 높은 이곳이 자신의 영역임을 선포했다.

"와아아아아-!"

모자를 벗어 인사하면서 관중들의 환호를 이끌어 내고, 자신의 컨디션을 끌어올렸다.

쫘악-!

손에 들린 둘레 23cm짜리 작은 물체에 박혀 있는 솔기를 느끼며, 그것을 꽉 움켜쥔 채 긴 한숨을 내쉰다.

"후우……."

흩어져 가는 한숨과 함께, 김신의 뇌리에 미네소타 트윈스와의 지난 만남이 스쳐 지나갔다.

'그러고 보니 지난번에는 게리랑 훈련하고 나서 등판했지.'

시즌 초, 산체스 구제 계획의 첫발을 내디딘 다음 날.

김신과 미네소타 트윈스의 인연은 그때가 시작이었다.

그리고 김신의 플랜에 의해 달라진 산체스만큼이나, 그때 미네소타 트윈스가 경험했던 김신과 지금의 김신은 하늘과 땅 정도의 차이가 있었다.

'보여 주지.'

미네소타 트윈스가 경험했던, 베이스로 오른손을 깔고 그 위에 왼손을 얹는 것이 아닌.

하늘에서 내리꽂히는 오버핸드를 기본으로 하되, 땅에서 솟아오르는 언더핸드로 의표를 찌르는 원래 김신의 투구.

저들은 아직 피부로 체감해 보지 못했을 재해(災害)를 보여 주기 위해 김신은 천천히 고개를 들었다.

"준비됐어?"

머리를 든 김신의 시야에 미네소타 트윈스와 초전을 치렀던 그때, 그가 좌완 피칭을 최소화했던 이유이자.

그로 인해 그때보다 수배는 믿음직해진 파트너가 보였다.

'너도 신이 설계했다는 포수 앞에서 보여 달라고. 신이 좀 더 나중에 설계한 포수가 누구인지.'

언젠가 김신이 바랐던 소망.

눈앞의 동반자가 조 마우어를 뛰어넘길 바랐던 그 메시지를 다시 한번 건네며.

"오케이. 가 보자."

김신이 고개를 끄덕였다.

뻐엉—!

"오케이! 좋아!"

잠시 뒤, 김신에게서 배운 듯한 구수한 오케이와 함께 연습 투구가 순식간에 끝이 나고.

장내 아나운서의 음성이 울려 퍼지며 배터 박스로 외소하지만 날렵해 보이는 혼혈이 걸어 들어왔다.

[나우 배팅, 넘버11. 벤 르비어!]

벤 르비어.

2007년 드래프트에서 미네소타 트윈스가 골라 낸 1라운더.

2011년부터 미네소타 트윈스의 테이블 세터진으로 활약하기 시작해 올해에는 팀 내 타율 2위를 차지할 정도로 준수하게 성장하고 있는 선수.

'문제는 그게 3할이 채 안 된다는 거지.'

자신의 기억에 없을 만한, 현재 미네소타 트윈스의 몰락을 보여 주는 듯한 상대의 성적을 떠올린 뒤.

자신의 기억에는 없었지만, 구단에서 건네준 자료와 길고 긴 낮 경기 동안의 관찰로 벤 르비어라는 남자에 대해 닳도록 숙지한 스위치피처가 왼손을 들었다.

[김신 선수, 역시 좌완으로 승부합니다.]

그리고 그와 동시에, 공략집을 기반으로 한 김신의 업 템포 투구가 몰아치기 시작했다.

6회 몸에 맞는 공 이후 몸 쪽 공에 몸이 굳뜬 경향이 있음. 아마 본능적인 공포 때문인 듯. 초구는 가급적 몸 쪽 빠른 공으로.

뻐엉-!

"스트라이크!"

6번이라는 많은 타석 동안, 던지는 손뿐만 아니라 피칭 스타일 자체가 각기 판이하게 다른 7명의 동료가 만들어 준.

더 이상 완벽할 수 없는 공략집을 충실히 이행한 폭풍 같은 투구에.

오늘 유난히 종 변화구에 감을 못 잡는 경향이 있음. 하이 패스트볼에 커브를 엮으면 좋을 듯.

뻐엉-!

"스트라이크!"

지난 경기 2번 타자로 출장했던 벤 르비어는 손조차 제대로 쓸 수 없었다.

부우웅-!

"스트라이크아웃!"

[스윙 앤 어 미스! 첫 타자부터 삼진으로 제압해 내는 김신 선수! 과연 닥터K라는 별명을 이어받을 만합니다!]

선두 타자 3구 삼진과 함께, 달아올랐던 미네소타 트윈스 팬들의 분위기가 푸쉬쉭 소리를 내며 식어 떨어졌다.

그러나 다음 순간.

2미터에 달하는 거구가 대기 타석에 등장함과 동시에.

[나우 배팅, 넘버5. 에두아르도 에스코바르!]

공략집에 없는, 지금은 그 누가 와도 흐름을 꺾을 수 없는 호수비의 주인공이 타석에 섰다.

이어 김신의 왼손이 다시 하늘을 찌르고, 스위치히터인 에두아르도 에스코바르가 우타석을 선택한 뒤.

"흐읍!"

쐐액-!

부우웅-!

김신과 에스코바르의 손이 찰나지간을 사이에 두고 힘차게 움직이면서.

따악-!

두 남자의 흐름이 격렬하게 맞부딪혔다.

자신이 목적한 바를 이뤘을 때 느끼는 감정인 성취감(成就感)은 100중 99의 경우, 고양감을 동반한다.

정신이나 기분이 하늘 높이 올라가는 듯한 그 고양감(高揚感)은, 평소라면 불가능했을 과감한 행동을 가능케 하며.

의도적이었든 무의식적이었든 어렵다고 생각해 회피했던 높다란 벽에 대한 도전 의식을 불러일으킨다.

쉽게 말해, 뭐든지 할 수 있을 것만 같은 느낌.

'내가 군대도 갔다 왔는데 못할 게 뭐야?'

대부분의 한국인 성인 남성이 느끼는 그 감정.

군필 복학생에게 미필 때와는 차원이 다른 학점 평균을 제공하는 그 감정이 미네소타 트윈스의 젊은 2루수, 에두아르도 에스코바르를 휘감았다.

그래서였다.

-특히 에스코바르, 네가 중요해. 네가 좌타석에 서면 김신은 100% 좌완을 선택할 거야. 그러고 나서 네가 다시 우타석을 고르면, 체인지업을 노리기에 최적화된 상황이 되

는 거지. 이해했어?

조 마우어의 말처럼 우타석에서 김신의 좌완을 상대하게 된 스위치히터가 다른 마음을 품은 것은.

'꼭 체인지업을 노려야 할까?'

체인지업의 숙련도가 가장 떨어진다 한들 체인지업을 던지지 않으면 하등 의미도 없는 게스 히팅이 아닌가.

상대 투수가 가장 많이 구사하는 구종은 결국 포심 패스트볼.

정확하게 히팅 포인트에 갖다 대기만 하면 100마일의 구속이 가져다주는 반발력을 이용해 장타 생산이 가능한 구종이 아닌가.

물론 말로는 간단한 그게 안 됐기에.

그 포심 패스트볼을 기라성 같은 타자들조차 제대로 공략하지 못했기에 마운드의 투수가 지금의 위상을 쌓은 거라는 건 알고 있었다.

하지만.

'까짓 거, 한번 해 보자. 미스터 마우어도 마음대로 해도 된다고 했으니.'

에두아르도 에스코바르를 휘감은 고양감에 더해.

굳이 내키지 않으면 평소대로 해도 된다고, 강요하는 건 절대 아니라고 첨언했던 조 마우어의 발언이 그의 등을 떠밀었다.

스윽-!

배트 스피드를 올리기 위해 손에서 조금 힘을 뺀 채로.

에두아르도 에스코바르가 마운드의 투수를 노려보는 순간.

쐐액-!

김신의 손에서 에두아르도 에스코바르가 기다리던 공이 튀어나왔고.

부우웅-!

에두아르도 에스코바르의 몸이 수백 번은 연습했던 궤적을 그렸다.

'이건 됐다!'

거짓말 조금 보태 회전하는 공의 솔기까지 포착될 만큼 수박만 하게 보이는 공.

요 근래 스윙했던 것 중에 가장 완벽한 것 같은 스윙.

에두아르도 에스코바르는 곧 짜릿하게 울릴 손의 신호를 기다렸으나.

따악-!

그의 기대감은 손쉽게 배반당했다.

[높게 뜹니다! 포수 게리 산체스 따라가 보지만…… 관중석으로 떨어지는 공. 원 스트라이크!]

[그래도 타이밍은 맞았어요. 1회의 호수비 이후 에스코바르 선수의 컨

디션이 범상치 않은 모양입니다.]

그러나 에두아르도 에스코바르의 '내가 낸데'는 오히려 더욱 강화되었다.

해설 위원의 평가처럼, 거의 다 됐으니까.

조금만, 아주 조금만 더 높았으면 분명 정타가 됐을 스윙이었으니까.

'조금만 더.'

수많은 도박 중독자들을 나락으로 떨어뜨린 그 단어가 에두아르도 에스코바르의 심중에 울려 퍼졌다.

하지만 고양감이란 '정신이나 기분'을 하늘 높은 곳으로 올려 주는 감정일 뿐이지, 실체적인 기량이 하늘 높이 상승하는 것은 절대 아니고.

제대 후 한 학기만 지나도 원래대로 돌아오는 것이 군필 복학생 대부분의 운명인바.

[김신 선수, 제2구!]

조 마우어의 혀 차는 소리와 함께, 에두아르도 에스코바르의 방망이가 갈 길을 잃고 헤매었다.

따악—!

[먹힌 타구! 2루수 제이슨 닉스, 가볍게 잡아서 1루로…… 아웃입니다. 2아웃! 체인지업이었죠?]

[그렇습니다. 양키스 배터리가 에스코바르 선수의 타이밍이 완전히 포심에 맞춰져 있다는 걸 놓치지 않았습니다.]

조 마우어의 조언에 따르든가, 그것도 아니라면 차라리 헛스윙을 하는 게 더 나았을 처참한 결과.

공의 움직임을 따라 본능적으로 내려갔던 자신의 손을 탓하며, 몸을 휘감았던 감정을 잃어버린 에두아르도 에스코바르는 쓸쓸히 더그아웃으로 향했다.

'쯧쯧, 하여간 젊은 놈들이란……'

그 뒤로.

행운의 숫자를 등번호로 가진.

미네소타 트윈스 유일의 3할 타자가 타석에 들어섰다.

[나우 배팅, 넘버7! 조 마우어~!]

고집(固執)은 참 여러 측면으로 해석되는 성질이다.

에두아르도 에스코바르의 경우처럼 실력이라는 바탕 없이 형성된 고집은 소위 똥고집, 아집으로 불리고.

거기서 좀 더 나아가 실력이 있어도 자신만의 확신으로 다른 사람들을 전혀 배려하지 않으면 그것은 오만과 독선이 되며.

반대로 수십 년의 무명 생활 끝에 마침내 성공한 예술가나 우직하게 자신의 길만을 고집하는 장인의 경우엔 고집은 소신, 혹은 신념으로 불리기도 한다.

그리고 이해할 수 없는 선택이지만 그것이 대중들의 가슴에 파문을 일으키는 경우엔.

낭만이라 불린다.

1회 말 2아웃.

타깃 필드에 자신만의 고집으로 결국 팬들의 환호를 이끌어 낸 로맨틱 가이가 섰다.

　-왜 미네소타 트윈스니?

축구, 농구, 심지어 미국 내 최고의 인기 스포츠인 미식축구에서도 러브콜을 보냈지만 미네소타 트윈스만을 외쳤던.

　-포수를 하기엔 신체 조건이…….

거대한 체구를 가져 포수로는 무리라는 소리를 쉼 없이 들었음에도 기어코 포수로 골드 글러브를 끼웠던 남자.

조 마우어.

'하나만 던져라.'

일 년 내내 수비 시프트에 걸리면서도, 당겨치기보다 밀어치기의 OPS가 3할은 높은 고집쟁이가 한 개의 구종을 바라며 타석에서 몸을 웅크렸다.

하지만.

원래 부족했던 장타력이 시즌 후반 오면서 더 떨어진 듯함.

밤에는 더할 듯. 포심으로 승부하면 클린 히트를 맞아도 홈런

은 거의 안 나올 것으로 예상됨.


프로 선수에게 가장 중요한 돈보다도 팀을 선택했던 또 한

명의 고집쟁이는 그가 기다리는 공을 던져 줄 생각이 전혀

없었다.

부우웅-!

"스윙 스트라이크!"

속구.

부우웅-!

그리고 또 속구가 조 마우어의 방망이보다 먼저 포수 미트

라는 결승선을 넘었다.

뻐엉-!

[삼진! 마지막 공은 102마일이 찍힙니다! 낮은 기온에도 전혀 영향받

지 않는 듯 평소의 퍼포먼스를 보여 주는 김신 선수! 경기는 2회 초로 갑

니다!]

'젠장.'

조 마우어의 한탄과 함께.

'체인지업을 노렸던 건가?'

김신의 뇌리에 의심 하나가 쌓였다.

2회 초 양키스의 공격.

조시 도널드슨-게리 산체스-마크 테세이라로 이어지는 타선은 2개의 외야 플라이와 땅볼 아웃으로 침묵했다.

"아니, 왜 우리 신이 경기만. 그것도 중요할 때만 이러냐고!"

자신의 작은 방을 떨어 울리는 캐서린 아르민의 외침을 뒤로하고 시작된 2회 말.

부우웅-!

"스트라이크!"

[저스틴 모노 선수가 방망이를 헛돌립니다!]

[침착해야 해요, 미네소타 트윈스! 지금 방망이가 너무 가볍게 나오고 있습니다!]

초구 포심에 대한 저스틴 모노의 스윙을 확인한 김신의 의심이 한 단계 짙어졌다.

'베테랑들이 연속적으로 이런 스윙을 한다라⋯⋯.'

포심에 방망이를 내면서도 미세하게 느린 타이밍.

1회 말에 상대했던 조 마우어의 스윙과 너무나 흡사한 스윙이었다.

'그럼 뭐⋯⋯.'

세네 타석 정도는 버티리라던 조 마우어의 생각보다 훨씬 빨리 이상함을 눈치챈 영리한 여우는 피식 웃고는.

그저 두 타자의 노림수가 일치한 우연일 수도 있다고 생각하면서도.

'체인지업을 안 던지면 되지. 일단…… 한 타순만 볼까?'

과감하게 체인지업이라는 마구를 포기했다.

김신이 그럴 수 있는 이유는 간단했다.

바로 자신감.

좌타자에게 바깥쪽 포심 이후 바깥쪽 체인지업은 엿 같은 이지선다지만.

바깥쪽 포심 이후 바깥쪽 슬라이더 또한 만만치 않은 재앙이라는 명제에 대한 확신.

또한 두 경우 모두 선행되는 문제는 결국 바깥쪽 포심이 얼마나 위력적이냐는 것이고.

그 분야에서 세계 최고의 권위자는 바로 자신이라는 믿음.

"흐읍-!"

벌써부터 2012년 구종 가치 1위를 확정해 둔 김신의 가장 강력한 무기.

포심 패스트볼이 홈플레이트를 향해 쏘아졌다.

뻐엉-!

[스트라이크! 0-2! 저스틴 모노, 극도로 불리한 카운트에 몰립니다.]

[아, 이러면 김신 선수는 뭘 해도 됩니다. 포심, 슬라이더, 커브, 체인지업 뭐가 나와도 힘들어요, 저스틴 모노 선수!]

그리고 이번엔 가만히 서서 카운트를 헌납한 저스틴 모노에게, 김신이 사형 선고를 내렸다.

저스틴 모노. 좌투수에게 취약한 모습을 보임. 슬라이더 위주로 승부할 것.

칠 테면 쳐 보라는 듯 바깥쪽 스트라이크존으로 향하는 공.

부우웅-!

저스틴 모노는 어쩔 수 없이 커팅이라도 하기 위해 방망이를 휘둘렀지만.

[스윙 앤 어 미스!]

그 공은, 순식간에 더 바깥쪽으로 도망가 버렸다.

[삼진! 김신 선수, 슬라이더로 결정짓습니다!]

또한 조 마우어의 계획에 낀 먹구름은 그게 끝이 아니었으니.

다음 순간, 1사 주자 없는 상황에서 조 마우어의 조언을 따를 것을 결심하며 타석에 선 우타자, 조시 윌링햄은.

[김신 선수, 이번에는 우완! 이번 경기 첫 언더핸드를 조시 윌링햄 선수를 상대로 꺼내 듭니다.]

설상가상으로 게스 히팅을 시작조차 해 보지 못했다.

뻐엉-!

결코 적이 원하는 대로 움직여 주지 않는 전략가의 노련한 선택이 2회를 삭제했다.

0-0.

"이제 하나 좀 해 줘라!"

캐서린과 양키스 팬들의 시선이 3회 초, 양키스의 공격으로 향했다.

이제 좀 편하게 경기를 즐기고 싶어 하는 양키스 팬들의 바람과는 달리 3회에도 경기는 평형을 이뤘다.

3회 초, 에두아르도 누네즈와 제이슨 닉스로 이어지는 양키스의 하위 타선은 자신들이 왜 백업인지를 증명하며 더그아웃으로 돌아갔고.

데릭 지터 또한 9구나 되는 긴 승부 끝에 삼진으로 물러난 것.

따악-!

반면 3회 말, 미네소타 트윈스 측에서는 선두 타자로 나선 트레버 플루프가 김신의 언더핸드 포심을 공략하며 승리 가능성에 대한 불을 지폈다.

뻐엉-!

"스트라이크아웃!"

물론 한층 기어를 올린 김신의 자비 없는 투구가 이어지는 타자들을 돌려세우며 실점을 막긴 했지만.

—뭐야, 이거. 비벼지는데?
—아…… 진짜 왜 이러냐?
—타순 한 바퀴 돌았는데 1안타 1볼넷. 이거 실화 맞냐?

양키스 팬들은 스멀스멀 올라오는 불안감을 느껴야만 했다.
그런 상황에서.
따악—!
[3루수 정면! 아웃입니다! 추신서의 잘 맞은 타구가 하필 트레버 플루프 선수에게 안기네요.]
따악—!
[우중간 큽니다! 오오! 크리스 파멜리! 환상적인 다이빙 캐치! 오늘 미네소타 트윈스 야수들의 수비 집중력이 돋보입니다!]
4회 초, 추신서와 브렛 가드너의 잘 맞은 타구가 모두 미네소타 트윈스 수비진의 글러브 속으로 사라지고.
뻐엉—!
[삼진! 이번 경기 두 번째 삼진으로 4회를 끝내는 사뮤엘 데두노! 양키스의 막강한 타선을 무실점으로 틀어막는 깜짝 호투를 보여 줍니다!]
이번 시즌 홈런왕을 다투는 커티스 그랜더슨마저 배드 볼

히터 기질을 드러내며 삼진으로 침묵하니.

-What the f×ck! 꼭 이런다니깨!
-마지막에 왜 이러냐, 진짜…….

더 이상 눌러 두지 못한 양키스 팬들의 불안감이 커뮤니티를 가득 채우는 건 당연한 일이었다.

그러나.

따악-!

[좌측 높이 뜬 공! 좌익수 닉 스위셔, 중견수 커티스 그랜더슨 모두 대시합니다. 커티스 그랜더슨 자리를 잡습…… 아앗! 잡지 못했습니다! 잡지 못했어요! 주자 2루 돌아 3루까지!]

그들은 곧, 손가락조차 놀리지 못했다.

[무사 1, 3루! 김신 선수, 이번 경기 최대의 위기입니다!]

그라운드의 핀스트라이프들이 불안하게 흔들거렸다.

디비전 시리즈, 그 상대는!

수비 이닝에서 가장 큰 부담감을 짊어지는 선수는 투수다.

직접 공격자인 타자와 맞상대하는 보직이 바로 투수니까.

하지만 그렇다고 투수 뒤에 선 야수들의 부담감이 적다는 뜻은 결코 아니다.

퍼펙트를 코앞에 둔 경기에서, 공격 쪽보다 수비 쪽의 손이 달달 떨리는 것처럼.

계속해서 공을 던지는 투수와 달리, 언제 공이 올지 불안에 떨어야 하는 야수들의 부담감도 만만치 않다.

당연히 팀의 시즌 최다 승과 김신의 시즌 전승이 함께 걸려 있는 역대급 빅게임에서 양키스 야수들이 느끼는 부담감은 막대할 수밖에 없었다.

물론 경기 초반에는 괜찮았다.

계속해서 이겨 온 양키스의 위닝 멘탈리티가 그 부담감을 수면 아래로 처박았으니까.

그러나 3회, 4회. 경기는 초반을 지나 중반으로 향하는데, 양키스 타선은 불운이 겹치며 계속해서 침묵했고.

핀스트라이프들의 가슴속엔 그들의 팬들과 비슷한 불안감이 조금씩 차올랐다.

경험이 문제였다.

아무리 강심장이라곤 해도 루키 시즌을 치르고 있는 조시 도널드슨.

백업 요원으로서 큰 경기 경험이 거의 없는 에두아르도 누네즈와 제이슨 닉스.

클리블랜드 인디언스라는 하위 팀에 있었던 추신서, 베테랑이라곤 하지만 우승 반지 하나 없는 커티스 그랜더슨, 우승 반지는 있어도 주전으로 뛰진 못했던 닉 스위셔.

캡틴인 데릭 지터는 지명타자로 더그아웃에 앉아 있었고, 그나마 중심을 잡아 줄 만한 마크 테세이라는 그라운드에서 목소리를 높이는 성격이 아니었다.

4회 말의 위기는 침을 바짝바짝 마르게 하는 그 부담감이 폭발한 것이라고 할 수 있었다.

따악—!

[좌측 높이 뜬 공! 좌익수 닉 스위셔, 중견수 커티스 그랜더슨 모두 대

시합니다. 커티스 그랜더슨 자리를 잡습…… 아앗! 잡지 못했습니다! 잡지 못했어요! 주자 2루를 돌아 3루까지!]

석연찮은 심판 판정 끝에 나온 에두아르도 에스코바르의 볼넷.

이후 이어진 조 마우어의 흔한 외야 플라이성 타구.

그런데 그 쉬운 타구를 원래 수비가 좋지 않았던 데다 지명타자로 뛰다가 오랜만에 중견수로 출장한 커티스 그랜더슨과.

더그아웃과 그라운드를 수시로 오가던 닉 스위셔가 실책성 플레이로 조 마우어에게 텍사스안타로 만들어 안긴 것.

[무사 1, 3루! 김신 선수, 이번 경기 최대의 위기입니다!]

"……"

닉 스위셔와 커티스 그랜더슨이 모자를 푹 눌러쓴 채 침잠한 건 당연한 결과였다.

그러나 데릭 지터의 시선은 그들이 아닌 마운드의 투수를 향해 있었다.

'소름 돋네, 소름 돋아. 뭘 먹고 자라면 저렇게 되지?'

지금까지 루키라곤 믿을 수 없는 멘탈을 보이며 어떤 상황에서도 흔들리지 않았던 김신이긴 하지만, 메이저 사상 전무후무한 시즌 전승 앞에서까지 같은 모습일 줄이야.

'월드시리즈에서도 같은 모습일까 무섭군. 그땐 정말 나사에 전화해야겠어.'

데릭 지터는 고개를 절레절레 저었지만, 김신에게는 당연한 결과였다.

심판의 애매한 판정? 동료의 실수?

김신이 수일에 걸쳐 특별한 자기 암시를 행한 것은 무엇 때문인가.

그만큼 시즌 전승에 도전하는, 30승 고지에 오르는 이 경기가 그에게도 거대한 산이었기 때문에.

평소라면 흔들리지 않을 사소한 이런 일에 흔들리는 불상사를 막기 위해서였다.

미네소타 트윈스와 뉴욕 양키스의 전력 차는 수치로만 따져도 두 배 이상이며.

후반으로 갈수록 지난 경기 소모된 불펜진의 영향은 미네소타 트윈스를 괴롭힐 거다.

아직 경기는 반환점도 채 돌지 못한 4회 말이었으며.

미네소타 트윈스가 그에게서 강탈한 2피안타 1사사구는 모두 미네소타를 행운이 가호한 결과였다.

적은 그의 공을 제대로 공략하지 못하고 있다.

그리고 결정적으로.

여전히 전광판의 숫자는 0-0.

점수가 나지 않았다.

나는 아직 한 점도 내주지 않았다.

그런데 왜 흔들려야 하는가.

"Kim Will Rock You—!"

다 쉰 목소리로 내지른 자신의 응원가를 들으며 자신이 흔들리지 않을 이유들을 복기한 김신.

탁—!

산체스에게서 건네져 온 공을 손 안에서 굴리며.

그의 시선이 자신을 넘어 팀원들에게로 향했다.

'그래, 차라리 잘됐어.'

어차피 뉴욕 양키스는 올해 포스트시즌을 치러야 한다.

비단 이번 시즌뿐 아니라, 현재 그라운드에는 앞으로 그와 함께 몇 번일지 모를 포스트시즌을 겪어야 할 동료들이 있다.

매도 먼저 맞는 게 낫다고, 지금 한번 맞아 놓으면 나중에 어떻게든 도움이 되지 않겠는가.

물론 매 맞은 것이 트라우마가 아닌, 미래를 위한 추진력이 되기 위해선 당면한 위기를 멋지게 극복해야 했지만.

'충분해.'

찰나지간 평소처럼, 아니, 평소보다 더욱 형형해진 눈빛으로.

김신이 벼락같은 목소리를 냈다.

"괜찮아요! 집중합시다!"

92라는 등번호를 바라보던 핀스트라이프들의 눈빛이 조금은 살아나는 동시에, 김신의 시야가 정면으로 향했다.

"흐읍—!"

희생플라이 하나로도 점수가 날 수 있는 무사 1, 3루의 위기를 피해 없이 넘기는 데 가장 필요한 것.

  그건 두말할 것 없이 투수의 역량이 가장 큰 영향을 미치는 아웃카운트.

  뻐엉–!

  "스트라이크!"

  삼진이었다.

  포심–커브–슬라이더–슬라이더–포심, 5구.

  포심–슬라이더–포심–슬라이더–업숏–포심, 6구.

  슬라이더–포심–포심–업숏–포심, 5구.

  16개의 공이 지나간 후, 그라운드에 남은 건 해설 위원의 경악성뿐이었다.

  [압도적! 압도적입니다! 연속 3삼진!! 자력으로 위기에서 탈출해 내는 김신 선수! 정말 환상적인 피칭입니다!]

  [이건 뭐, 자격이 있다는 말밖에 할 수가 없군요.]

  동시에 굳어 있던 사이버 세계가 움직였다.


  –숨 쉬어, 숨 쉬어. 이제 숨 쉬어도 돼.

  –누가 호들갑 떨었나? 저렇게 던지는데 진다고? 에이, 말도 안

되는 소리.

　—호들갑은 네가 떨었겠지. 난 알고 있었다고. 김신이 선발인데
어떻게 지겠어?

　—포시 가도 김신이 2승, 3승씩 책임져 주면 무조건 우리 우승인
부분?


　안도의 한숨과 역시라는 끄덕임이 교차하는 인터넷 커뮤
니티처럼.

"휴."

"어우……."

더그아웃에 돌아온 핀스트라이프들 또한 저마다의 신음성
을 토해 냈다.

그들을 환영하려는 듯, 오늘 양키스의 지명타자가 입을 열
었다.

"애송이들, 적당히만 해. 어차피 다음 타석에서 내가 홈런
칠 거니까."

"옙!"

"그렇다고 정말 적당히 하려는 거야? 내가 루키 땐 말이
야, 뭐 빠지게 뛰어다녔다고."

"아, 그게……."

"장난이야, 장난. 가서 두들기고 오라고."

"옙, 캡틴!"

5, 6번 타순으로 출전을 앞둔 루키 듀오, 조시 도널드슨과 게리 산체스에게 장난 섞인 덕담을 건넨 그 남자는 곧장 만 서른둘 먹은 어린애들에게로 향했다.

　뻣뻣하게 고개를 들고 그라운드를 응시하고 있는 커티스 그랜더슨과 두 손을 무릎에 걸친 채 푹 고개를 숙이고 있는 닉 스위셔 사이로.

　그들 사이에 비집고 들어가며, 어깨동무를 한 그의 목소리가 낮게 깔렸다.

　"헤이, 브로스. 오줌 좀 지렸어?"

　"캡틴."

　"냄새는 아닌 것 같은데. 그럼 왜 그렇게 여자한테 바람 맞은 호구 꼴을 하고 있는 거야?"

　그들이 대답하기도 전에 더욱 조용히, 집중하지 않으면 들리지 않을 만한 소리로 데릭 지터가 말을 이었다.

　"긴말 안 한다. 너희 이제 베테랑 소리 들을 때 됐어. 알아서 할 거라 믿는다."

　그리고 자리에서 일어나며 데릭 지터는 한마디를 덧붙이는 것이었다.

　"참, 진부하지만 갑자기 이 말이 꼭 하고 싶어서 말이야. 팀을 믿어라. 그것도 안 되면 날 믿어라."

　오글거리는 말을 아무렇지도 않게 내뱉는 양키스 캡틴의 등 뒤로.

따악-!

[조시 도널드슨-! 큽니다!]

가장 어려운 주문, '적당히'에 성공하고 뭐 빠지게 뛰는 루키의 모습이 보였다.

⚾

[이럴 때 보면 야구라는 게 정말 신기합니다. 거짓말처럼 바로 양키스에게 기회가 찾아왔습니다!]

무사 1, 3루의 위기를 김신이라는 개인이 압도적인 퍼포먼스로 제압한 뒤.

5회 초, 좌중간을 가르고 득점 찬스인 2루에 선 조시 도널드슨의 뒤를 이어 게리 산체스가 타석에 섰다.

짜릿- 짜릿-!

온몸을 휘도는 전류를 느끼며.

'신은 이런 걸 매번 느끼고 있겠지.'

물론 4회 말의 3연속 삼진은 김신의 업적이 맞았다.

하지만 그 공을 받은 사람은 누구인가.

김신의 볼 배합에 유일하게 지분을 가진 사람은 누구인가.

이 그라운드에서 유일하게, 공(功)을 조금이라도 공유받을 수 있는 남자는 누구인가.

'나지.'

부담감? 당연히 있다.

하지만 그게 없으면 야구가 재미가 있나?

'내가 게리 산체스다.'

본래 형성됐을 트라우마라는 운명과 워크에씩 부족이라는 단점은 이세계로 전이돼 사라진 지 오래.

하루 종일 붙어 있는 김신이라는 남자에게서 많은 것을 보고 배운 관심 종자가 고개를 들었다.

스윽.

그의 건방진 배트가 전광판을 가리켰다.

[여기서 예고 홈런인가요? 대담합니다, 게리 산체스.]

자신조차 예상하지 못한 호투 때문인지, 그의 도발적인 행위를 그저 멍한 눈으로 보고만 넘기는 사뮤엘 데두노의 모습.

그걸 확인한 게리 산체스는 확신했다.

'역시, 반쯤 무아지경으로 던지는 건가?'

미네소타 트윈스에서야 선발로 설 수 있지만, 뉴욕 양키스에선 당장에 마이너리그로 내려가야 할 기량의 투수 사뮤엘 데두노.

그가 오늘 선전했던 건 저런 무아지경 투구와 야수들의 호수비, 타깃 필드의 가호와 함께.

'결정구는 무조건 커브다.'

유일하게 그가 가진 무기인 커브가 기가 막히게 구사되고 있기 때문이었다.

하지만 그것도 방금 전까지.

고작 AAA급 투수의 주무기를 두 번째 타순에서도 치지 못할 만큼 양키스 타선은 허약하지 않았다.

9구나 되는 데릭 지터의 긴 승부와 추신서, 브렛 가드너의 안타성 타구.

마지막으로, 방금 전 조시 도널드슨의 2루타가 그걸 증명하고 있었다.

[사뮤엘 데두노, 초구!]

뻐엉-!

초구 포심 패스트볼. 흘려보낸다.

뻐엉-!

슬라이더? 기다리던 게 아니다.

[사뮤엘 데두노 투수, 5회 들어 부쩍 힘이 빠진 모양샙니다. 스트라이크존 안으로 들어가는 공이 없어요!]

[양키스의 막강한 타선을 5회까지 틀어막은 것만으로도 사실 자신의 역할을 다한 거죠. 불펜만 건재했더라면 벌써 교체하고도 남았을 겁니다. 그래도 아마…… 이번이 마지막일 거 같군요. 미네소타 트윈스 불펜이 부산스럽습니다.]

[아, 말씀드리는 순간 고의사구. 고의사구가 나옵니다.]

[괜찮은 판단입니다. 어차피 카운트도 불리한 데다 1루가 비어 있고, 다음 타자는 요즘 부진한 마크 테세이라 선수니까요. 트윈스 입장에서는

주자가 쌓이더라도 무실점으로 교체하고 싶었을 겁니다.]

　[그렇군요. 이렇게 되면 게리 산체스 선수의 예고 홈런은 불발되겠네요.]

　자리에서 일어나 바깥쪽으로 빠져 서는 포수의 모습에 게리 산체스는 혀를 찼으나.

　체력을 모두 소진하고 종이 인형처럼 흔들리는 투수의 손에서.

　혹시나 하고 기다리고 있던 게리 산체스를 위한 절호의 기회가 창출됐다.

　[어엇!]

　캐스터의 목소리가 해설 부스를 울리는 순간.

　따악-!

　청아한 타격음이 그라운드를 진동시키고.

　"됐어!"

　캐서린의 외침이 방을 넘어 건물을 가득 메웠다.

　[좌측 담장- 넘어갑니다! 오랜 평형을 깨는 게리 산체스의 투런 포! 이건 완전히 빠졌네요.]

　그리고 다음 순간.

　따악-!

　"흥."

　고의사구를 대기 타석에서 목격해야 했던 마크 테세이라의 분노가 폭발하는 걸 끝으로.

따악-!

따악-!

자식들을 향하던 타깃 필드의 가호가 집요한 양키들의 방
망이에 무너져 내렸다.

〈원더풀, 원더풀, 원더풀! 김신, 무결점 시즌 달성!〉

10월 1일 00:37분.

날을 넘겨 공교롭게도 김신의 생일이었다.

야구라는 스포츠가 소멸하는 순간까지 남을 위대한 이름
이.

새겨지는 순간은.

☻

근대 철학의 아버지라 불리는 르네 데카르트는 이렇게 이
야기했다.

**나는 생각한다. 고로 나는 존재한다.**

복잡한 철학적 얘기를 떠나서, 맞는 말이다.

인간이란 생각 없이는 살 수 없는 동물이니까.

한데 그러한 인간의 '생각'들이 항상 딱딱하고 이지적인 방향으로만 흐르진 않는다.

저 사람이 나를 사랑했으면 좋겠다.
고등학생 때로 돌아가고 싶다.
어디서 로또 번호 하나 안 떨어지나?


떠올려 보는 것만으로도 기분을 좋게 만드는 생각들.
혹자는 망상이라 폄하하는 생각들이 인간의 뇌리엔 분명히 존재한다.
그리고 '만약에'로 시작하는, 아주 먼 옛날부터 인간 내면에 존재해 왔던 그러한 상상들은······.

고등학생이 이세계에 떨어지면 어떻게 될까?
판타지 속 몬스터들이 갑자기 현대에 나타나면 어떻게 될까?
고대에 정말로 산을 부수고 바다를 가르는 존재들이 있었다면 어떨까?


정말로 현실에 존재하지 않는 환상부터.

고구려가 삼국을 통일했더라면.
개화기에 맞추어 걸출한 군주가 등장했다면 좋았을 텐데.

분단이 되지 않았다면 지금 한국은 어떤 모습일까?


　역사나 현실을 기반으로 한 새로운 세계의 창조까지.

　비단 개인적인 것에만 국한되지도, 분야를 가리지도 않는다.

다.

　이유는 하나로 특정하기 어렵다.

　때로는 그저 흥미로, 때로는 대상에 대한 안타까움 때문에, 때로는 어떤 결핍이 충족됐으면 하는 본능으로.

　사람들은 종종 그러한 상상에 매몰된다.

　하나 확실한 건.


　〈메이저리그에 새로운 단어를 만드는 한국인! 김신은 어떻게 성공했나〉

　〈한 청년의 환상적인 생일. 김신, 생일에 맞춰 대기록 달성!〉

　〈메이저 최초 0점대 방어율 시즌 탄생!〉


　그 '만약에'가 현실이 되었을 때, 사람들은 열광한다는 것이다.

이다.

　아니, 그냥 열광이라기보다는…… 광란(狂亂)이 적절하겠다.

다.

　─무결점 시즌 ㅋㅋㅋㅋㅋㅋㅋ 명칭 한번 기깔나네.

　─갓김. 더 이상 말이 필요한가?

-이대로 은퇴해도 명전 각.

　-그래도 방어율이 내 학점보다 높진 않네.

　-저거보다 낮은 거면 학고잖아 ㅋㅋㅋㅋㅋㅋㅋㅋㅋㅋ 학교 다
니긴 했냐?


　논쟁 따위 존재하지 않는 김신 일색(一色).

　그것이 작금 한미 양국 야구팬들의 자세였다.

　그 시각, 평소라면 스마트폰을 손에 들고 기사들을 훑으며
낄낄거렸을 김신은 노곤한 육체적 피로에 휩싸여 있었다.

　"와, 진짜 죽겠는데?"

　손가락 하나 까딱할 수 없을 만큼 완벽한 소모.

　물론 남은 경기에 등판 일정이 없는 김신의 시즌은 끝났
고.

　포스트 시즌이 시작하기 전까지 휴식밖에 할 일이 없긴 했
지만, 등판 직후에 이렇게 무리할 생각은 아니었는데.

　'그럴 수가 없었지.'

　뉴욕으로 돌아온 지난 새벽, 빨간 리본을 달고 온 선물 탓
에 김신은 지금 침대에서 일어날 수조차 없었다.

　"흐흐흐, 크흠. 으음."

　지난밤이 떠오르자 지치지도 않는지 신체 특정 부위에 힘
이 들어가는 것을 느끼며 김신이 간신히 침대에서 상체를 일
으킨 순간.

"끄응."

그 소리를 들었는지 사뿐사뿐한 발걸음 소리가 김신의 호텔 방에 울려 퍼졌다.

도도도도도-.

그리고 등장한 인형의 모습에, 김신의 입이 떡 벌어졌다.

"일어났어? 점심 세팅해 뒀어. 식사하자."

"어…… 그, 그 복장으로?"

"응. 왜? 무슨 문제 있어?"

"밥보다 시급한 문제가 생기지."

다 소모된 줄 알았던 김신의 육체가 본능의 명령을 충실히 이행했다.

"이리 와."

만 20세 0일.

오래도록 기억에 남을 완벽한 생일날이었다.

◎

'무결점 시즌(Immaculate Season)'이라는 신조어까지 붙은 대기록의 달성을 끝으로 김신의 시즌은 끝이 났다.

물론 자랑스러운 핀스트라이프를 입고 이뤄 낸 김신의 대기록은 구단 차원의 경사고, 축하할 일이다.

하지만 본질을 따지자면 그것은 결국 개인의 기록.

뉴욕 양키스의 시즌은 아직 끝나지 않았고.

핀스트라이프들의 기록 도전 또한 아직 마침표가 찍히지 않았다.

이제 전미의 시선은 양키스의 시즌 최다 승으로 향했다.

운명의 장난인 것처럼, 마지막을 장식할 팀은 양키스의 지구 우승을 확정시켜 줬던 팀.

〈뉴욕 양키스 VS 보스턴 레드삭스. 시즌 마지막 운명의 맞대결!〉

신이라 불리는 남자, 베이브 루스를 소유했던 두 팀 중 나머지 하나.

보스턴 레드삭스였다.

당연히 보스턴은 최선을 다하겠다는 코멘트와 함께 일찌감치 주전 라인업을 가동할 것을 예고했고.

설상가상으로 보스턴의 1차전 선발은 이번 시즌 부진한 존 레스터 대신 실질적인 1선발로 기능했던 우완 클레이 벅홀츠였기에.

"양키스는 더블헤더 치르고 오늘 새벽에 왔잖아. 오늘 경기만큼은 보스턴이 해 볼 만하지."

"그럼. 솔직히 오늘도 안 되면 남은 두 경기는 볼 것도 없지 않겠어?"

메이저리그 팬들은 대부분 보스턴의 선전을 예상했으나.

뻐엉-!

[스윙 앤 어 미스! C.C. 사바시아! 김신 선수에게 자극받았나요? 오늘 흠잡을 데 없는 투구를 선보입니다!]

완전히 컨디션을 회복한 C.C. 사바시아가 보스턴의 물타선을 손쉽게 틀어막은 데 이어.

따악-!

[게리 산체스-!! 전광판을 강타하는 대형 홈런! 오늘 경기 두 개째 아치를 쏘아 올립니다! 양키스의 미래가 밝네요. 이 선수, 성적이 무시무시해요!]

선발진이 너덜너덜한 보스턴에서야 실질적인 1선발로 불리지만.

포심 구속이 저하되고 커터와 스플리터가 제 역할을 하지 못하면서 2010년 17승 7패 ERA 2.33의 준수한 성적이 슬슬 플루크라는 얘기가 흘러나오고 있는 보스턴 레드삭스의 선발 클레이 벅홀츠는.

지난 경기 투런 포로 김신의 무결점 시즌을 확정 지었던 게리 산체스의 물오른 타격감을 전혀 제어하지 못했다.

〈뉴욕 양키스, 10-2 대승! 파죽의 4연승 달려〉

〈시즌 타이기록에 마지막 한 발자국만을 남겨 둔 뉴욕 양키스!〉

데릭 지터와 추신서, 커티스 그랜더슨을 벤치에 앉혀 두고
도 거둔 압도적인 승리.

"아예 펍을 전세 내겠다고?"

"어, 그렇다니까. 내일이랑 모레 다 같이 모여서 봐야지.
우리 양키스의 역사적인 순간인데!"

"흠, 그래. 나도 한 손 보탤게. 축배를 들자고."

"당연히 그래야지. 내일 보자."

양키스 팬들은 벌써부터 축배를 들기에 여념이 없었고.

"이건 뭐…… 끝났네."

"보스턴 촌놈들이 그러면 그렇지."

타 팀 팬들 또한 양키스의 시즌 최다 승 기록 경신이 거의
확정적이라는 데 이견이 없었다.

따악-!

[배트 부러집니다. 공은 유격수 데릭 지터에게로! 데릭 지터, 가볍게 1
루로… 아웃입니다! 보스턴 레드삭스의 희망을 짓밟는 앤디 페티트!]

다음 날, 코어 4로 이름 높았던 앤디 페티트와 데릭 지터
가 훨훨 날고.

따악-!

[언빌리버블! 이 타구가 관중석에 떨어지면서, 오늘도 담장을 넘깁니
다! 게리 산체스! 3경기 연속 홈런! 3일 만에 4개의 홈런을 추가합니다!
매서운 막판 스퍼트예요!]

[게리 산체스 선수로서는 운이 없었다고 할 수밖에 없네요. 신인이 3

할 타율에 홈런 30개를 치고 있는데 신인왕은 바라볼 수도 없다니요. 같은 팀의 동갑내기 투수가 너무 강력합니다.]

[그렇습니다. 에인절스의 트라웃 선수도 마찬가지죠. 3/4/5에 30홈런 50도루를 목전에 뒀는데도 신인왕 얘기가 전혀 나오질 못합니다. 김신 선수만 아니라면 올해 아메리칸 리그 신인왕 대결도 볼만했을 것 같은데요. 장타율의 게리 산체스냐, 장타율은 좀 뒤져도 빠른 발과 출루율을 함께 겸비한 마이크 트라웃이냐.]

[타석 수에서 차이가 많기 때문에 아마도 마이크 트라웃 선수가 수상했을 거 같습니다. 심지어 마이크 트라웃 선수 정도면 신인왕뿐 아니라 MVP도 충분히 점칠 만하죠. 허나… 의미 없는 이야기입니다. 무결점 이닝도 아니고 무려 무결점 시즌에 데뷔전 퍼펙트인데요.]

[하하, 그건 그렇죠.]

나도 신인왕 타이틀에 도전할 자격이 있다는 듯한 게리 산체스의 홈런포를 앞세운 뉴욕 양키스가.

부상에서 복귀했음에도 여전한 부진을 면치 못하며 먹튀라 불리기 시작한 일본의 레전드, 마쓰자카 다이스케를 두들겨 더욱 큰 점수 차로 보스턴 레드삭스를 짓밟을 때까지만 해도.


〈14-2! 도저히 양키스를 막을 수 없다!〉

〈역대급 핵타선 구축한 뉴욕 양키스. 포스트 시즌 배당률 연일 급락!〉

〈뉴욕 양키스, 시즌 최다 승 타이기록 달성! 기록 경신까지 남은 경기는 하나, 필요한 승리도 하나!〉

그리하여 뉴욕 양키스가 마침내 2001년 시애틀 매리너스와 어깨를 나란히 하고.

두 팀에 모두 속해 있던 스즈키 이치로가 넝쿨째 굴러떨어진 이색 기록에 난처하게 웃을 때까지만 해도.

"지겠냐?"

"그럴 리가."

보스턴 레드삭스의 승리를 점치는 사람은 거의 없었다.

하지만 10월 3일.

길고 긴 메이저리그 시즌이 끝나는 마지막 날.

"어?"

축제를 즐기기 위해 기를 쓰고 양키 스타디움에 자리한 뉴욕 양키스 팬들의 입에서.

"어?"

연신 의문성이 터져 나왔다.

시작은 1회 초.

심판의 존을 확인하는 과정에서 필 휴즈와 러셀 마틴 배터리가 1번 타자 자코비 엘스버리에게 볼넷을 허용하면서부터였다.

다음 순간, 무사 1루에서 타석에 선 2번 타자 더스틴 페드로이아가.

따악―!

[우측 담장― 넘어갑니다! 이번 시리즈 최초로 선취점을 가져가는 보스턴 레드삭스! 소중한 선취점의 주인공은 보스턴의 심장, 더스틴 페드로이아 선수입니다!]

5월부터 주 무기로 활용하면서 충분한 분석이 진행된 필 휴즈의 슬라이더를 통타해 양키 스타디움의 짧은 우측 담장을 공략한 것.

"괜찮아, 괜찮아. 이 정도야 뭐……."

"10점도 아니고 2점인데 곧 역전하겠지."

거기까지였다면 양키스 팬들이 당혹스러워할 이유도 없었을 터.

문제는 더스틴 페드로이아의 선취점과 팀의 마지막 경기를 위해 사흘의 짧은 휴식에도 아랑곳 않고 등판한 존 레스터의 시즌 마지막을 불태우는 역투가 1+1을 10으로 만드는 시너지 효과를 일으키기 시작했다는 사실이었다.

뻐엉―!

[삼진! 이번 경기 여섯 번째 삼진입니다, 존 레스터! 포스트 시즌에 진출하지 못한 한을 풀고 있는 듯합니다!]

4회까지 6삼진으로 꽁꽁 묶인 뉴욕 양키스.

조 지라디 감독은 일찌감치 대타를 동원하며 분위기 쇄신을 꾀했다.

[뉴욕 양키스. 핀치 히터. 넘버 24! 게리- 산체스-!]

수비력은 좋지만 타격이 부진한 러셀 마틴 대신 요즘 제대로 물이 올라 있는 게리 산체스를 초반부터 교체 투입하는 강수.

따악-!

[좌측 높이 뜹니다! 좌익수 다니엘 나바가 가볍게 처리하면서 스리아웃! 양키스의 5회 말 공격이 종료됩니다. 레드삭스가 2점의 리드를 지킵니다.]

그러나 항상 좋을 수는 없는 법.

게리 산체스 또한 이번에는 양키스 팬들과 조 지라디 감독의 기대를 충족시켜 주지 못했다.

다행히도 6회 말, 브렛 가드너와 추신서의 연속 출루로 존 레스터가 강판되고.

구원 투수로 등판한 리치 힐에게서 커티스 그랜더슨이 적시타를 뽑아내면서 1점을 따라가긴 했지만.

따악-!

[큽니다! 우측 담장, 우측 담장, 우측 담장을…… 넘어갑니다! 홈런 두 방으로 양키 스타디움을 장례식장으로 만드는 보스턴 레드삭스와 페드로 시리아코! 다시 2점 차가 됩니다!]

7회 초, 필 휴즈로부터 마운드를 이어받은 조바 체임벌린을 상대로.

통산 홈런이 2개밖에 되지 않는 보스턴 레드삭스의 8번 타자, 페드로 시리아코가 깜짝 솔로 포를 쏘아 올리며 뉴요커들에게 찬물을 끼얹었다.

"뉴욕-! 뉴욕-!"

간절하게 응원가를 불러 젖히는 팬들에게는 가혹하게도.

뻐엉-!

시간이, 속절없이 흘러갔다.

포지션.

공격수, 수비수, 가드, 센터, 골텐더 등 해당 선수가 지정된 위치에서 특정한 역할을 하길 바라며 붙여 놓은 명칭.

대다수의 구기 종목에는 그러한 포지션이라는 것이 있다.

물론 해당 포지션이 해야만 하는, 하기를 바라는 플레이는 당연히 존재한다.

하지만 수비수라고 해서 골을 넣지 못하는 것도 아니고, 공격수라고 해서 수비를 할 수 없는 것도 아니다.

센터라고 해서 외곽 슛을 날리지 못하는 건 아니며, 가드라고 해서 리바운드를 잡지 못하는 것도 아니다.

심지어 극히 드문 경우지만 골텐더나 골키퍼라고 해도 골을 넣을 수도 있다.

즉, 대부분의 구기 종목에서.

포지션은 있어도 그 안에서 선수나 감독 나름대로 판단을 내리고 자유롭고 유연한 플레이를 펼칠 수 있다는 거다.

그러나 야구, 베이스볼은 다르다.

포수가 갑자기 홈플레이트를 비우고 1루에 갈 수는 없다.

외야수가 갑자기 마운드에 올라와 공을 던질 수도 없다.

교체가 되어 포지션이 변경되어야만 해당 역할을 할 수가 있다.

그뿐인가?

야구에는 턴이라는 개념이 명확하게 존재한다.

유격수가 갑자기 방망이를 잡고 공격을 펼칠 수 없고.

마찬가지로 타자가 갑자기 글러브를 잡고 수비를 할 수 없다.

공격도, 수비도. 자신의 턴에만 행해야 한다.

그러니 야구란.

아무리 투수가 강력해도 타선이 침묵하면 경기에서 패배하고.

타선이 활활 불타올라도 투수가 더 큰 방화를 저지르면 이길 수가 없는 스포츠인 것이다.

어찌 보면 각 포지션 간, 팀원 간, 공수 간의 조화를 중시

하는 아름다운 풍조라고도 생각할 수 있지만.

자칫 그 조화가 무너지거나 해당 턴을 담당해야 할 선수들이 사태를 해결하지 못하면.

다른 자원이 아무리 넘쳐도 손도 쓸 수 없을 때가 있다.

2012년 10월 3일.

뉴욕 양키스를 지휘하는 사령탑, 조 지라디의 상황이 바로 그러했다.

뻐엉-!

[스트라이크 아웃! 다니엘 나바를 삼진으로 제압하면서, 데이비드 로버트슨 선수가 8회 초를 무실점으로 마무리합니다. 하지만 여전히 리드는 보스턴 레드삭스! 2점 차이가 좀처럼 좁혀지지 않고 있습니다.]

수비, 투수는 충분하다.

시즌 마지막 경기이니만큼 불펜에 대기하고 있는 투수는 넘쳐났으니까.

하지만 아무리 점수를 더 내주지 않아도, 점수를 획득하지 못하면 패배라는 결과를 바꿀 수는 없는 일.

그러나 점수를 획득하기 위한 포지션, 타자가.

공격을 위해 줄 수 있는 변화가 지금의 조 지라디에겐 더 이상 존재하지 않았다.

[양키스로서는 답답한 상황입니다. 터질 듯 터질 듯 좀처럼 추가 득점이 터지지 않고 있어요!]

"으음......"

러셀 마틴은 이미 게리 산체스로 교체했다.

마크 테세이라의 1루는 닉 스위셔에게 맡겨졌다.

그리고 나니, 양키스의 확장 로스터 안엔 더 이상 대타로 교체 투입할 만한 카드가 없었다.

양키스의 선수 뎁스가 얇아서이기도 했지만, 주전급 선수들이 너무나 뛰어났기 때문이기도 했다.

기록상으로도, 조 지라디 감독의 눈과 감으로도.

그 누굴 데려다 놓더라도, 지금 뛰고 있는 선수들보다 못했다.

물론 수비라면 더 나은 선수가 있기야 했지만······.

'그건 의미가 없지.'

도돌이표였다.

조 지라디 감독이 그렇게 고뇌에 빠져 있는 동안, 시간이라는 놈은 그에게 계속해서 선택을 독촉해 왔다.

따악-!

[우측 높이 뜬 공, 우익수 코디 로스가 기다립니다. 원 아웃! 커티스 그랜더슨 선수, 오늘 네 번째 타석에서도 홈런 소식이 없었습니다. 만약 경기가 이대로 끝나게 된다면 한 개 차이로 미겔 카브레라 선수에게 홈런왕을 넘겨주게 되는데요. 과연 한 번 더 기회가 있을지 모르겠네요.]

[이번 시리즈에서 부진한 게 아쉽습니다. 43홈런으로도 물론 훌륭한 성적이지만, 아쉬움이 남는 건 어쩔 수 없죠.]

[그렇습니다. 하지만 야구는 끝날 때까지 끝난 게 아니죠. 아직 양키

스에게는 5개의 아웃카운트가 남아 있습니다.]

팀 레전드의 명언이 떠오르는, 이제는 모험이라도 걸어야 할 시간.

조 지라디 감독이 마침내 결단을 내렸다.

"······준비시켜."

8회 말 원 아웃.

양키스의 신인 불펜 투수, 델린 베탄시스는 불펜 안에서 그라운드를 바라보고 있었다.

수비의 핵심, 투수라는 보직을 가진 그가 활약할 수 있는 시간은 이제 9회 초뿐.

그러나 이미 양키스에는 그 시간을 책임질 든든한 수호신이 존재했다.

즉, 델린 베탄시스가 이번 경기에 나설 가능성은 없다는 뜻.

그러므로 델린 베탄시스는 자신이 할 수 있는 유일한 행동을 취했다.

꽈악-!

'제발······.'

지금 그라운드에서 방망이를 쥐고 있는 동료들을 응원하

는 것.

그것이 그가 할 수 있는 전부였으니까.

헌데 델린 베탄시스가 타석에 선 조시 도널드슨의 방망이를 눈이 빠져라 응시하고 있을 때.

저벅- 저벅-.

갑작스러운 발걸음 소리와 함께 이 불펜에서 가장 무거운 이름이 말을 걸어 왔다.

"베탄시스."

"예⋯⋯?"

9회 초를 셧아웃시킬 양키스의 클로저, 마리아노 리베라.

어느새 다가온 그가 델린 베탄시스의 어깨를 짚었다.

"내가 처음 마무리가 됐을 때 말이야. 어땠을 거 같아?"

영문을 알 수 없는 갑작스러운 '라떼'의 시전.

하지만 불펜 투수라면 절대 가벼이 받아들일 수 없는 대선배의 말이었기에, 델린 베탄시스는 조심스레 답했다.

"음⋯⋯ 셋업맨에서 마무리로 전환되신 해부터 바로 40세이브 이상을 기록하신 걸로 알고 있습니다."

"오! 언제 그런 걸 알아봤어?"

"어렸을 때부터 양키스 팬이었거든요."

"훌륭한 친구구먼."

까마득한 후배가 자신에 대해 알고 있다는 건 언제나 기분 좋은 일.

마리아노 리베라는 검은 얼굴에 대비되는 흰 이를 크게 드러내며 웃더니.

처음 말을 걸었던 때처럼 갑작스레 진지한 표정이 되어 말을 이었다.

"네 말도 맞아. 최종 성적은 그랬지. 근데 말이야, 나도 처음엔 3연속 블론을 저지르고 그랬거든."

"아…… 그러셨습니까?"

"그랬지. 그때 욕 참 배 터지게 먹고 배웠어. 아, 이게 마무리라는 거구나. 이게 9회에 공을 던진다는 거구나."

"그, 그러셨군요."

"응. 그래서 9회에 공을 던지는 후배들한텐 나처럼 실수하지 말라고 꼭 이 말을 해 줘. 머리를 비우고, 네가 던질 수 있는 최고의 공을 던지는 데 집중해. 여차하면 뒤엔 내가 있으니까."

"……?"

귀로는 들었지만 머리로는 이해되지 않는 문장에 델린 베탄시스가 눈을 끔뻑일 무렵.

팡- 팡-!

"멍하니 있을 시간 없어. 빨리 가!"

등판에 느껴지는 알싸한 고통과 함께 한 발짝 앞으로 나온 그를, 불펜 코치가 반겼다.

"델린 베탄시스. 준비해라. 9회 등판 예정이다."

"예? 아, 예. 알겠습니다."

조 지라디 감독의 선택.

그것은 핀스트라이프를 입은 남자들을 믿는다는 선택이었다.

"흠…… 연장을 보는 건가?"

그 모습을 지켜보며, 무결점의 투수가 눈을 빛냈다.

몬티 홀 문제라는 것이 있다.

세 개의 문 중 단 한 개의 문 뒤에만 당첨이 있는 상황에서.

선택자가 한 개의 문을 고른 이후, 그가 고르지 않은 두 개 중 한 개가 꽝이라는 정보가 제공되었다.

이때, 선택자는 자신의 선택을 바꾸는 게 좋은가, 유지하는 게 좋은가.

그냥 직관적으로 생각했을 때는 별 차이가 없는 것 같지만.

해답은 '바꾼다'이다.

처음에 꽝을 골랐다면 꽝인 다른 문이 공개되었을 때 무조건 바꿔야 정답이다.

이 경우 확률은 처음에 오답을 고를 확률. 즉, 두 오답 중 하나를 고르게 되는 확률인 2/3이다.

반면 처음에 정답을 골랐을 때는, 다른 문이 오답이라는 정보가 제공된 상황에서 선택을 바꾸면 무조건 오답이다.

이 경우 처음에 정답을 고를 확률은 세 개 중 하나, 1/3이다.

하지만 현실은 대부분 그렇지 않다.

백 개의 문이라는 선택지가 있더라도 반드시 정답을 고를 수 있는 사람이 있는가 하면.

오답을 골랐더라도 그 오답을 정답으로 바꿀 수 있는 사람도 있다.

지금 그라운드에 있는, 자신의 선택을 받은 남자들이 반드시 정답을 도출해 낼 것이라는 믿음.

조 지라디 감독의 선택, '바꾸지 않는다'는 그런 믿음에서 기인했다.

그렇다면 그가 할 일은 무엇인가.

그건 여전히 같았다, 점수를 내주지 않는 것.

다만 넘쳐나는 자원을 조금만 더 효율적으로 사용하여 미래를 지향하는 것.

그런 조 지라디 감독의 믿음 아래.

[9회 초, 양키스의 투수 교체가 있었습니다. 상당히 의외인데요. 델린 베탄시스! 올해 확장 로스터로 빅 리그에 올라온 루키가 등판합니다. 조 지라디 감독이 미스터 샌드맨을 꺼내지 않았다는 건… 연장까지 생각한다는 거겠죠?]

[그것밖에는 경우의수가 없죠. 어차피 시즌 마지막 경기고 1, 2차전 선발이었던 사바시아와 페티트를 제외하면 투수 전원이 불펜 대기할 테니 일단 주자가 나갈 때까진 클로저를 아껴 보겠다는 거 같습니다.]

[조 지라디 감독의 선택이 의미가 있으려면 타선이 반드시 점수를 뽑아 줘야 하는… 말씀드리는 순간 경기 시작됩니다. 델린 베탄시스, 초구!]

생애 처음으로 9회의 메이저리그를 밟은 델린 베탄시스는 마리아노 리베라의 조언을 충실히 따랐다.

뻐엉-!

[제로드 살타라마치아, 손도 쓰지 못합니다! 스리아웃! 100마일의 포심과 80마일 중반대의 커브를 앞세워 9회 초를 깔끔하게 정리하는 델린 베탄시스! 이 선수 K/BB가 상당히 좋아요?]

[전형적인 탈삼진형 파워 피처죠.]

포심, 그리고 커브.

자신이 가진 무기를 던지는 데 집중한 델린 베탄시스의 성적은 2삼진 1땅볼 아웃.

"우와악-!"

포효하는 그의 뒤로, 조 지라디 감독의 얼굴에 긴장이 고였다.

'이제 마지막……'

9회 말.

마지막 이닝이 도래했다.

9회 초에 델린 베탄시스를 등판시킨 조 지라디 감독의 의도는 해설진뿐 아니라 양키스 선수단에게도 충분히 전달되었다.

'연장 승부.'

타선이 점수를 뽑아 주기만 하면, 투수진은 경기가 어디까지 흘러가든 버텨 주겠다는 사인.

20회든 30회든 정해진 끝이 없는, 말 그대로 끝장 승부에 돌입할 준비가 다 되었다는 신호.

승리에 대한 희망을 놓지 않은 그 의지에 화답하기 위해선, 반드시 두 점 이상이 필요했다.

"렛츠 고, 양키스-!"

다 알지 않느냐는 듯 긴말 없는 간단한 데릭 지터의 파이팅으로 시작된 9회 말.

마무리를 위해 올라온 앤드루 베일리를 닉 스위셔가 끈질기게 물어뜯었다.

따악-!

[다시 한번 파울! 승리에 대한 강렬한 집념을 보여 주고 있는 닉 스위셔 선수입니다.]

커팅. 그리고 다시 커팅.

11구의 승부 끝에 이번 시즌 궂은일을 마다하지 않은 양키스의 언성 히어로가 자신의 역할을 다했다.

뻐엉-!

[베이스 온 볼스! 결국엔 볼넷으로 소중한 1루를 획득해 내는 닉 스위셔! 양키스 팬들의 연호 소리가 스타디움을 울립니다!]

그리고 다음 순간.

[나우 배팅, 넘버 24!]

오늘, 이미 한번 조 지라디와 양키스 팬들의 기대를 배반했던 남자.

그렇기에 지금 이 순간을 손꼽아 기다리던 관심 종자가 타석에 섰다.

[게리- 산체스-!]

'고기도 먹어 본 놈이 잘 먹는다'는 말이 있다.

대부분의 사람이 고기의 기역 자도 구경하기 힘들었던 과거와 달리, 마음만 먹으면 고기를 못 먹는 사람이 거의 없는 현대임에도.

우습지만 그 말은 통용된다.

집게와 가위를 쥐고 등갈비를 능숙하게 발라 먹는 것도.

쪽갈비를 어떻게 쉽게 먹을 수 있는지도.

소고기와 돼지고기에 적합한 굽는 방법도.

심지어 함께 먹었을 때 환상적인 미각을 선사하는 조합도.

한 번이라도 더 먹어 본 사람이 더 맛있게, 더 다양한 방법으로, 더 부담 없이 고기를 먹을 수 있다.

차려진 밥상에서 주워 먹기만 하면 되는 음식일지라도 이러할진대 다른 건 어떻겠는가.

날고뛰는 생도들 사이에서 양성 교육을 받고 야전에서 충분한 경험을 쌓은 장교라도 새로운 부대에 가면 그 부대를 꽉 잡고 있는 부사관에게 의지해야 하며.

간단한 영어 단어도 못 읽는 중사, 상사가 지도도 없이 험준한 야산을 제 집처럼 돌아다니는 일은 흔하다.

경험이란 그런 것이다.

육체의 강건함을 무자비하게 강탈해 간 시간이라는 놈이 선심 쓰듯이 던져 주는 부산물이지만.

어떨 때는 육체의 강건함이나 쌓아 놓은 지식보다 훨씬 큰 힘을 발휘하는 인간의 무기.

이제 겨우 1년 차지만 게리 산체스는 그 경험이란 놈을 가지고 있었다.

[지난 두 경기 3홈런으로 양키스 타선을 이끌었던 게리 산체스 선수. 오늘은 아직 홈런 소식이 없습니다. 과연 그의 방망이가 벼랑 끝에 선 양키스를 구해 낼 수 있을지!]

데뷔 타석부터 김신의 무결점 시즌을 확정하는 선취점까지.

터프한 상황에서 몇 번이고 활약했던 '기억'.

평범한 선수는 몇 년을 투자해 쌓아올려야 했을 경험이 게리 산체스의 육체 안에서 꿈틀댔다.

'와라!'

게리 산체스라는 개인이 가진 관심을 즐기는 특성과 그 경험이 만난 지금, 양키스의 젊은 포수는 가벼운 골든크로스 상태에 도달해 있었다.

골든 크로스(Golden Cross).

떨어지는 육체적 능력과 상승하는 기술적 능력이 교차하며 선수의 역량이 최정점을 찍는 그 찬란한 빛이.

게리 산체스의 손에 깃들었다.

뻐엉-!

[바깥쪽! 벗어납니다. 1-0!]

물론 결국 타격이란 투수와 타자의 대결이고.

아무리 경험과 기술을 겸비했다 해도 매번 승리할 수는 없다.

하지만 확률이란 것이 있지 않은가.

24번을 단 핀스트라이프는 매번 잘할 수는 없지만 세 번 중 한 번만큼은 잘할 수 있다는 게 증명된 타자였고.

오늘 이미 저지른 두 번의 실패가 지면을 디딘 그의 하체에 힘을 불어넣었다.

부우웅-!

[스윙 앤 어 미스! 스윙이 상당히 큽니다. 산체스 선수!]

다만 문제가 하나 있다면, 보스턴 레드삭스의 승리를 확정 짓기 위해 올라온 앤드루 베일리가 산체스의 심리를 꿰뚫고 있다는 것.

'칠 생각이 만만이군. 애송이가.'

2009년 21연속 세이브라는, 신인 연속 세이브 최다 기록을 달성하며 신인왕에 올랐던 남자.

두 번의 큰 부상을 당했음에도 3년간 80세이브를 올렸던 클로저가 일찌감치 결정구를 꺼내 들었다.

[앤드루 베일리, 와인드 업!]

양키스 불펜에서 등판 기회가 돌아오기를 기다리고 있는 수호신을 벤치마킹한 무기.

우타자의 몸 쪽으로 휘어 들어가며 배트 제조 회사를 웃음 짓게 하는 구종.

쐐액-!

앤드루 베일리의 커터가 아름다운 궤적을 그리고.

부우웅-!

게리 산체스의 방망이가 호쾌하게 휘둘렸다.

따악-!

결과는 둘 모두의 실패였다.

[3유간을 관통하는 타구! 좌익수 다니엘 나바, 던지지 못합니다! 게리 산체스의 진루타!]

형 만한 아우는 없는 법이고, 모방이 원본을 뛰어넘기란 극히 지난한 일.

　알고도 못 막는 수준인 리베라의 커터에 비하면 베일리의 커터는 극히 부족했다.

　그러나 게리 산체스 또한 두 번의 부상과 기량 저하로 방출 위기에 처한 남자의 간절함을 완벽히 넘어서지 못했다.

　자신의 방망이로 양키스를 승리의 언덕에 세우고, 관중들의 환호를 독차지하는 데 실패했다.

　그럼에도 게리 산체스는 웃을 수 있었다.

　'아쉽지만 뭐…… 믿습니다, 영감님들.'

　그의 뒤에 등판하는 노장들은, 믿지 않을 수 없는 사내들이었으니까.

　[무사 1, 2루! 양키스의 기회가 계속됩니다! 아, 여기서 바비 발렌타인 감독이 올라오는군요.]

　[교체할 거 같습니다. 그렇죠. 교체해야죠. 시즌 마지막 경기 아닙니까. 다 쏟아부어야 합니다.]

　투수 교체로 잠시 중단된 경기.

　카메라가 방망이를 든 두 줄무늬 남자를 잡았다.

　부우웅―!

　시애틀 매리너스와 뉴욕 양키스라는 각각 다른 두 팀을 시즌 최다 승이라는 고지에 올려놓은 남자와.

　툭― 툭―.

현역 메이저리거 중 가장 많은 우승 반지를 가진 사나이를.

⬤

보스턴 레드삭스 배터리는 스즈키 이치로를 상대로 신중한 승부를 펼쳤다.

타율에 비해 출루율이 극히 낮은, 배드 볼 히터로 유명한 이치로에게 좋은 공을 줄 필요가 없다고 판단했던 것.

심지어 교체 등판한 투수, 마크 멜란슨은 제구에 강점을 가진 투수였으니 어찌 보면 적절한 판단이었다.

그러나.

뻐엉-!

[참아 냅니다. 스즈키 이치로! 베이스 온 볼스! 주자 만루가 됩니다! 9회 말에 만루!]

양키스에 입단하면서, 나이를 먹으면서.

조금 더 신중해진 시애틀의 레전드가 그들의 기대를 짓밟았다.

그리고 다음 순간.

[정말 짠 것 같지만. 이 선수가 여기서 올라옵니다. 양키 스타디움이 진동합니다!]

"캡틴-!"

"오, 마이 러브-!"

그라운드를 가득 메우는 환호 소리와 함께, 빈자리 없이 다섯 손가락에 꽉 차는 우승 반지를 가진 남자가.

티프한 상황에 그 누구보다도 강한 최고의 클러치 히터가 타석에 섰다.

[데릭 지터ー! 마크 멜란슨과 승부합니다!]

익숙한 소음 속에, 데릭 지터의 방망이가 홈플레이트를 찍고.

그의 왼손이 헬멧 챙을 슬쩍 만졌다.

"후우……."

방망이를 슬쩍 돌리고, 마운드에 선 투수를 바라보며 깊은 숨을 불어 내쉰 데릭 지터.

얼마 전, 김신의 마지막 경기에서 실수를 범했던 커티스 그랜더슨과 닉 스위셔에게 해 줬던 말이 문득 그의 뇌리를 스쳤다.

'팀을 믿어라. 그리고 나를 믿어라……였던가.'

부담감을 극복하는 데 사용할 수 있는 방법은 여러 가지다.

그가 해 줬던 말처럼 자신이 아닌 다른 어떤 존재에 믿음을 투사할 수도 있고.

필사적인 연습과 자신에 대한 끝없는 믿음으로 극복해 낼 수도 있으며.

그것도 아니라면 아예 머리를 비울 수도 있다.

그 모든 방법을 사용해 봤던 남자, 데릭 지터가 지금 부담감을 해소하는 방법은.

'늙으면 추억으로 사는 거지.'

기억, 그리고 경험이었다.

수많은 터프한 상황에서 활약했던 자신에 대한 기억.

다섯 번의 우승 반지를 획득했던 경험.

그때처럼 다시금 해 낼 수 있다는, 그게 별로 어렵지 않다는 확신.

[마크 멜란슨, 초구!]

고기도 먹어 본 놈이 잘 먹듯이 우승도 해 본 놈이 잘하는 법.

후배들에게 나중에 씹고 뜯을 찬란한 기억을 선물해 주기 위해.

부우웅-!

데릭 지터의 방망이가 힘차게 약동했다.

그리고 그 방망이를 향해 다가오는 것은, 그에겐 너무나 익숙한 구종이었다.

마크 멜란슨.

뉴욕 양키스에서 데뷔했지만 지금은 보스턴 레드삭스에서 뛰는 탕아.

하지만 머지않은 미래 양키스의 수호신, 마리아노 리베라의 후계자라고까지 불리며 트레버 호프먼 상을 탈 남자의 주

무기는 바로.

데릭 지터가 마리아노 리베라의 등 뒤에서 수도 없이 봤던 그것.

방금 전, 앤드루 베일리가 구사했던 그것.

컷 패스트볼이었다.

데릭 지터의 시야에 익숙한 흰색 궤적이 명멸했다.

따아아악-!

하늘 높이 그려지는 아치를 확인하며.

불펜에 대기하고 있던 김신이 등을 돌렸다.

'등판할 일은 없겠군.'

폭발할 듯 흔들리는 양키 스타디움에서.

[데릭- 지터-! 판타지를 현실로 만드는 이름입니다!]

양키스. 그리고 김신에게 완벽했던 정규 시즌이 끝이 났다.

〈양키스의 더 이상 완벽할 수 없는 시즌!〉

몇 대의 차가 부서지고, 수십 명의 부상자가 발생한 광란의 밤이 지나간 다음 날.

속속들이 2012시즌, 가을 야구 참가자 명단이 확정됐다.

아메리칸리그 동부 지구는 당연히 양키스가 제패했고. 볼티모어 오리올스가 91승으로 2위, 와일드카드로 간신히 가을 야구 명단에 합류했다.

전체적으로 지구 팀들이 모두 부진했던 중부 지구에선 미겔 카브레라를 앞세운 디트로이트 타이거스가 88승으로 지구 우승을 확정 지었다.

내셔널리그 동부 지구에서는 시즌 막판까지 접전이 펼쳐진 끝에 스티븐 스트라스버그와 브라이스 하퍼를 필두로 한 96승의 워싱턴 내셔널스가 지구 우승을, 93승의 애틀랜타 브레이브스가 와일드카드를 획득했으며.

일찌감치 결과가 결정됐던 중부 지구에선 신시내티 레즈가 95승으로 지구 우승을 거머쥐었다.

여기까지는 김신이 기억하는 역사와 동일했으나.

이변은 각 리그의 서부 지구에서 일어났다.

내셔널리그 서부 지구의 우승자는 짝수 해의 전설을 만들며 이번 시즌 월드시리즈 트로피를 들어 올렸던 샌프란시스코 자이언츠로 변함이 없었지만.

　

　–와, 다저스도 대단하네. 이걸 꾸역꾸역 올라온다고?

　–그래 봐야 90승도 못했는데 뭐 ㅋㅋㅋㅋㅋ 올라와 봐야 광탈 예상한다.

　–쯧쯧, 페넌트레이스랑 포스트 시즌이랑 같냐? 단기전에선 어떻

게 될지 모른다고. 다저스 정도면 충분히 해 볼 만하지.


와일드카드 획득에 실패하며 시즌을 마무리 지었을 LA 다저스가 세인트루이스 카디널스를 1승 차이로 누르며 가을 야구 막차를 탄 것.

하지만 야구팬들의 관심은 내셔널리그보다는 아메리칸리그로 향했다.


　　−그나저나 간만에 타이브레이크네 ㅋㅋㅋㅋㅋㅋ

　　−그러게. 오클랜드랑 텍사스 팬들은 심장 좀 쫄리겠는데?


막판 6경기에서 뒷심을 발휘해 1승 차이 대역전극으로 지구 우승을 강탈했던 오클랜드 애슬레틱스가 잠시 주춤하면서, 93승으로 텍사스 레인저스와 동률.

지구 우승과 와일드카드를 결정짓는 시즌 163번째 단판 경기, 타이브레이크를 치르게 된 것이었다.

2007년~2009년 3연속 타이브레이크로 달콤한 흥행 맛을 봤던 메이저리그 사무국과 타 팀 팬들은 강 건너 불구경을 즐겼으나.

졸지에 휴식도 반납하고 끝장 승부를 펼치게 된 두 팀 선수들과 팬들은 가슴을 쳤다.

그리고 와일드카드 경기가 열리기 전, 하루 동안 김신과 오붓한 방콕 데이트를 계획했던 캐서린 또한 독수공방할 처지에 처하고 말았다.

－미안, 아무래도 팀원들과 같이 봐야 할 거 같아.

"어쩔 수 없지. 일이니까. 같이 잘 분석하고, 꼭 이겨 줘!"

－헤이, 캐시! 이리 와서 같이 봐요!

게리 산체스를 위시로 한 명 한 명 들이닥치는 핀스트라이프들 덕에, 그녀의 남자 친구는 호텔 방에 갇혀야 했으니까.

"아니에요……."

－에이, 그러지 말고 와요. 뭐 어때요. 모임 하면서 얼굴도 자주 봤는데.

"아. 닙. 니. 다."

속을 박박 긁는 게리 산체스의 목소리와 함께.

그녀의 방에서 전등이 외롭게 흔들렸다.

●

작용이 있으면 반작용이 있고, 순기능이 있으면 역기능이 있으며, 장점이 있으면 단점이 있는 게 당연한 자연의 섭리.

서로 다른 생각과 감정을 가진 사람들이 모이는 그룹 활동에도 빛과 어둠이 존재한다.

다른 사람들을 통해 새로운 시야를 배울 수 있고, 그들의 의견을 참고할 수 있으며, 그들에게 받은 자극으로 더 성장

할 수도 있지만.

목적이 아닌 친목에 더 치중하다가 낭패를 보는 경우도 있고, 트롤러가 있거나 사공이 너무 많아서 배가 산으로 향하기도 한다.

하지만 델린 베탄시스에게 김신의 모임은 장점만이 있는 이상적인 그룹이었다.

'친목 도모도 도움이 되지, 이 정도면.'

100마일을 던진다는 공통점 하나만으로 얼떨결에 함께하게 됐지만, 피칭에 대한 조언에서부터 메이저리그 생활에 대한 도움까지.

그에게 필요한 모든 것이 존재하는 이 모임의 멤버가 됐다는 것이 델린 베탄시스로서는 기꺼울 수밖에 없었다.

다들 뛰어난 재능과 열정을 겸비한 야구광들이었으니, 평범한 대학교 조별 과제에서 생기는 어이없는 문제들이 생길 여지도 딱히 없었다.

"지난 경기에서 진짜 똥줄 타더라고요. 어우, 처음에 플라이 쳤을 땐 진짜……."

"하하, 저도 9회에 처음 올라가 봐서 너무 긴장했었습니다. 다행히 잘 풀려서 망정이죠."

오늘 모임의 장소가 된 김신의 호텔 방에서, 델린 베탄시스는 행복한 마음으로 게리 산체스의 푸념을 받아 주었다.

물론 방주인의 속에서는 한숨이 몰아쳤지만.

'어휴! 게리 산체스, 이 자식…….'

곧 중계될 오클랜드 애슬레틱스와 텍사스 레인저스전의 패자와 볼티모어 오리올스가 와일드카드에서 격돌하고.

다시 그 승자가 뉴욕 양키스의 포스트 시즌 첫 경기 상대가 되는 건 맞다.

그들에 대한 분석이 필요한 것도 당연하다.

하지만 그걸 이렇게 다 모여서 볼 필요까진 없지 않은가.

공유할 게 있으면 어느 정도 혼자 분석한 뒤에 공유하면 될 것 아닌가.

'제 버릇 개 못 준다더니. 하여간 너무 인싸야.'

처음부터 캡틴이 아닌 에이스를 지향했던 걸 보면 알 수 있듯이.

김신은 공적인 일에서야 함께하는 걸 주저치 않지만, 사적인 공간과 시간이 반드시 필요하다고 믿는 사람이었다.

더군다나 최초로 어떤 정보를 접함에 있어 다른 사람의 발언이 자신의 생각에 영향을 줄 수도 있는 이런 상황을 별로 좋아하지 않았다.

즉, 차라리 혼자, 그것도 아니라면 캐서린과 함께 봤으면 봤지, 냄새 나는 남자들과 옹기종기 호텔 방에 모여서 경기를 볼 생각 따위는 추호도 없었다는 이야기다.

'어휴…….'

그런데 인싸 중의 인싸인 게리 산체스가 방을 돌며 필 휴

즈, 이반 노바, 코리 클루버, 델린 베탄시스까지 모조리 끌고
왔으니.

김신의 속에서 한숨이 연신 터져 나오는 것도 무리는 아니
었다.

하지만 그것도 경기 시작 전까지.

[웰컴 투 메이저리그! 시즌 163번째 경기! 지구 우승과 와일드카드를
가르는 단판 경기가 곧 시작됩니다!]

TV 화면에 그라운드가 비춰지고, 해설진의 멘트가 호텔
방을 울리면서부터.

[먼저 공격을 펼칠 텍사스 레인저스의 라인업입니다……]

노트북에 손을 올린 채 고도의 집중 상태로 빠져드는 김신
의 모습에, 호텔 방의 모든 눈이 TV에 고정됐다.

🥎

연인인 김신과 캐서린 아르민이 생이별한 채 다른 곳에서
경기를 지켜보고 있을 그 시각.

아이러니하게도 김신의 아버지인 김성욱 교수와 캐서린의
직속 상사인 스티브 마르키스 교수는 함께 경기를 지켜볼 수
있었다.

맥주를 양손에 가득 든 채 테이블로 다가온 스티브 교수가
성욱의 자부심을 언급했다.

"그래, 우리 신이가 뭐라고 코멘트했다고?"

자식 얘기, 그것도 한껏 잘나가고 있는 자식 얘기는 그 어떤 부모의 입가에도 미소를 띠게 만드는 법.

김신 덕에 반쯤 메이저리그 전문가가 된 김성욱 교수가 미소와 함께 입을 열었다.

"뭐…… 나야 잘 모르지만 시즌 마지막 시리즈의 연장선이나 마찬가지라더군. 오클랜드 애슬레틱스가 기세를 이어 갈 것 같다고."

순간, TV에서 답을 맞히듯이 비슷한 맥락의 해설이 흘러나왔다.

[이번 경기는 사실 지난 시리즈의 연장이나 마찬가지입니다. 시즌 마지막 3연전을 치른 상대가 하루 뒤에 타이브레이크를 치르는 거니까요.]

[뭐, 그렇죠. 경기장도 그대로 오클랜드 애슬레틱스의 홈구장, 오클랜드-앨러메다 카운티 콜로세움이니 4차전인 거나 다름없습니다. 오클랜드 애슬레틱스에서는 지난 3연전을 스윕한 기세를 이어 가는 게 중요하겠고, 텍사스 레인저스에선 그 기세를 어떻게 끊어 낼 것이냐, 이게 이번 경기의 중요 포인트라고 할 수 있겠습니다.]

그 해설을 듣던 스티브 교수의 입에서 감탄사가 터져 나왔다.

"오우! 역시 무결점 시즌의 역대급 투수는 시야부터 다르구먼. 족집게야, 족집게."

"무슨……. 야구팬이라면 누구나 예상할 수 있는 수준이지."

말은 그렇게 했지만 더욱 짙어지는 미소를 감추지 못하는 김성욱 교수.

아내를 잃고, 힘겹게 김신을 홀로 키웠을 친구의 모습이 생각나 스티브 교수의 마음이 뭉클해졌다.

그의 입에서 작은 헛기침과 함께 과묵한 친구를 더욱 조잘 대게 만들어 줄 멘트가 이어졌다.

"크흠, 다른 얘긴 없었어? 이를 테면 주의 깊게 봐야 할 선수라든지."

"있었지. 텍사스 레인저스의 선발 투수."

그리고 또다시 사건이 흡사하게 전개됐다.

[말하자면 경기 초반에 애슬레틱스가 득점을 올리면 레인저스 쪽에선 많이 힘들다는 뜻이겠죠?]

[그렇습니다. 그런 의미에서 오늘 텍사스 레인저스의 선발인 다르빗슈 유 선수의 역할이 중요합니다. 팀이 선취점을 뽑아 줄 때까지 버텨 줘야만 해요.]

그 이야기를 들은 스티브 교수가 과장되게 박수를 쳤다.

"오우! 역시!"

"하하, 뭘."

"또, 또 다른 건 없나? 이거 은근히 재밌는데?"

"음…… 이건 이번 경기랑 상관없는 얘기긴 한데, 만약 이번 경기에서 레인저스가 패하고 와일드카드에서 승리하게 되면……."

"승리하게 되면?"

"오늘 등판했던 저 투수, 다르빗슈 유와 우리 신이 가……."

하지만 한껏 집중한 스티브 교수의 귀를 간지럽힌 사람이 있었으니.

"드시면서 보세요."

"아, 고마워요, 안나. 뭘 이런 걸 다."

성욱과도 안면이 있는 스티브 교수의 아내, 안나 마르키스였다.

접시를 가득 채운 정성스러운 과일의 향연에 김성욱 교수가 감사를 표하는 사이, 스티브 교수가 매를 벌었다.

"크흠, 거참 중요한 타이밍에 잘도 자르네."

"……뭐라고요?"

"아, 아냐! 맛있게 먹을게."

"흥! 성욱이 있어서 봐주는 줄 알아요."

"하하, 너무 잡지 말아요, 안나. 거의 다 빠지긴 했지만 남은 몇 가닥은 지켜 줘야죠."

"성욱까지 그러기예요? 전 별로 심한 것도 아니라고요."

반짝반짝한 스티브의 것과 비교되는 풍성한 성욱의 두발에 살며시 눈을 흘긴 안나가 스티브 교수의 바람과는 달리 소파에 자리를 잡았다.

그와 함께 대화 주제가 급변하고, TV 소리는 처량하게 묻

히고 말았다.

"호호, 그나저나 그 작던 아이가 어느새 저렇게 커서 뉴욕 양키스의 에이스가 되다니, 세상 참 신기해요."

"그러게요. 세월이 참 빨라요. 무섭기도 하고요."

"아 참! 그러고 보니 신이랑 우리 남편 제자랑 좋은 만남을 가지고 있다고 들었는데…… 이름이 뭐였더라……."

"캐서린 아르민 양입니다. 스티브도 좋은 사람이라고 하더군요."

"그건 별로 궁금하지 않고. 성욱은 어떻게 생각해요?"

"예? 어떻게라뇨?"

"아니, 그런 거 있잖아요. 좋다, 나쁘다. 며느릿감이다, 아니다…… 그런 거."

"저야 뭐, 신이 선택을 존중할 뿐입니다."

"어머, 어머! 허락하는 건가요?"

"그렇다기보다는……."

"에휴, 우리 메튜도 어디서 참한 처자 하나 안 데려오나 몰라요. 숙맥인 건 닮으면 안 되는데."

"숙맥? 누가? 내가? 무슨 소리를! 내가 얼마나 그런 데 빠삭한 사람인데! 이번에도 아르민 양한테 즉각 휴가를 줬다고. 둘이서 오붓하게 경기 좀 보라고 말이야."

야구 관람의 장이 부모들의 자식 얘기로 뒤덮이는 사이.

뻐엉—!

[경기 끝났습니다! 2012시즌 아메리칸 리그 서부 지구의 패자는 오클랜드 애슬레틱스! 오클랜드 애슬레틱스입니다!]

경기는 종료되고.

"미안해. 내일도 팀원들하고 같이 봐야 될 것 같은데……."

-괜찮아, 괜찮아. 시즌이 더 중요하지! 나랑은 시즌 끝나고 매일 보면 되잖아.

스티브 교수의 배려는 의미를 잃었다.

다음 날, 2012년 10월 5일.

또다시 김신의 호텔 방에 우글우글 모인 남자들의 눈앞에서.

지난 경기 패배도 제대로 추스르지 못한 채 텍사스 레인저스는 또 한 번의 벼랑 끝 승부를 치러야 했다.

[웰컴 투 메이저리그! 2012 와일드카드 게임. 텍사스 레인저스와 볼티모어 오리올스, 볼티모어 오리올스와 텍사스 레인저스의 경기. 뉴욕 양키스와 겨룰 팀이 결정되는 그 경기가 지금 이곳! 레인저스 볼파크 인 알링턴에서 열립니다!]

텍사스 레인저스에선 연패를 끊기 위해 1선발 맷 해리슨을, 볼티모어 오리올스에선 조 선더스라는 의외의 선택을 한 경기.

"누가 올라오는 게 나으려나. 별 차이가 없어 보이는데."

"그나마 오리올스? 많이 만나 보기도 했고, 많이 이겼던 팀이기도 하니까. 요즘 좀 부진하긴 했어도 타선은 객관적으로 레인저스가 강하잖아. 이름값도 그렇고."

"음…… 그건 너무 투수 입장 아닌가요. 선발진은 레인저스가 더 별로잖아요."

"요즘 원투 펀치는 괜찮게 던지던 거 아닌가?"

그 경기를 바라보며 게리 산체스와 이반 노바가 갑론을박을 나누는 사이.

김신은 어떤 감정이 자신의 몸을 채우는 것을 느꼈다.

'과연…….'

변화될 미래에 대한 불안감?

볼티모어 오리올스를 상정하고 준비했던 플랜이 틀어지는 상황에 대한 아쉬움?

아니, 어차피 누가 올라오든, 어떤 변화가 있든 다 이겨야만 얻을 수 있는 것이 왕좌인데 그게 영향을 주고 말고 할 요소가 있겠는가.

김신의 가슴을 채운 것은, 오히려 기대감이었다.

'혹시라도 그렇게 되면…….'

본디 이번 경기에 등판하고, 패배하여 가을의 메이저리그에서 사라져야 했던 선수.

지난 타이브레이크에 등판했던 선발, 다르빗슈 유.

만약 텍사스 레인저스가 승리를 거둔다면, 디비전 시리즈 1차전의 상대는 그가 될 확률이 높았다.

그렇게 된다면.

'한국과 일본이 달아오르겠군.'

사상 최초의 메이저리그 포스트 시즌 한일전.

한일 선발 투수의 맞대결이 펼쳐지는 것이었다.

그것이 그의 가슴을 뛰게 했다.

그리고.

따악-!

[마이클 영-! 좌중간을 박살 내 버립니다!]

따악-!

[아드리안 벨트레-! 그동안 침묵했던 게 오늘 경기를 위해서였습니까?]

김신의 기대감을 충족시켜 주겠다는 듯.

미래가, 변화했다.


〈텍사스 레인저스, 4연패 끝에 1승으로 결국 디비전 시리즈 진출!〉

〈최초의 포스트 시즌 한일 선발 맞대결 성사되나?〉


다음 권으로 이어집니다

# 위대한 항해

이윤규 대체역사 소설

믿고 보는 대체역사 소설 작가 이윤규의
참지 않는 조선이 온다!
『위대한 항해』

독도를 무력 점령하려는 일본 특경대와 싸우다
조선 말기에 떨어진 제7기동함대

곧 침탈의 역사가 시작된다는 사실을 안 그들은
열강들을 먼저 침략해
미래를 바꿔 버리기로 결심하는데……!

눈에는 눈, 이에는 이, 침탈에는 침탈!
모두가 한 번씩은 꿈꿨던
통쾌한 조선이 펼쳐진다!